中国专业作家
散文典藏文库

中国专业作家散文典藏文库

秦汉罗马

邓海南 著

中国文史出版社

图书在版编目（CIP）数据

秦汉罗马／邓海南著. — 北京：中国文史出版社，2019.3

（中国专业作家散文典藏文库·邓海南卷）

ISBN 978 - 7 - 5205 - 0967 - 1

Ⅰ．①秦… Ⅱ．①邓… Ⅲ．①散文集 - 中国 - 当代 Ⅳ．①I267

中国版本图书馆 CIP 数据核字（2018）第 279986 号

责任编辑：蔡晓欧　薛未未

出版发行：中国文史出版社

社　　址：北京市海淀区西八里庄 69 号院　邮编：100142
电　　话：010 - 81136606　81136602　81136603（发行部）
传　　真：010 - 81136655
印　　装：廊坊市海涛印刷有限公司
经　　销：全国新华书店
开　　本：720 × 1020　1/16
印　　张：11.5　　　字数：143 千字
版　　次：2019 年 3 月第 1 版
印　　次：2019 年 3 月第 1 次印刷
定　　价：48.00 元

目　录

东方西方（序）

　　你站在地球仪前仔细地端详过我们脚下的这一块大陆、思考过我们生存的这一块大陆吗？你站在地球仪前就是站在远离地面的高空，只有这样你才能看清楚它的位置和形状。这时候你的头颅和你面前的地球大小相等，你用手轻易地就可以撩开覆盖在地球表面的云块，你一眼看去就是地球的一半，只要你把面前的那个球体稍加转动，整个世界就被你尽收眼底。你的目光不但可以超越空间，还可以穿透时间。

　　对于人类来说，这是一块最广袤、最古老，也是最为重要的大陆。它的东面是太平洋，西面是大西洋，南面是印度洋，北面是北冰洋，虽然所有的大陆都是被大洋包围着的，但被四个大洋包围在中间的却仅此一块，这或许正显示了它地位的重要。只要你旋转地球仪，你就会意识到对地球而言并没有什么绝对的东方和西方，所谓东方和西方都只是对这一块大陆而言，因为那时候这一块大陆几乎就等于整个世界。现在已遍及全球的人类文明，最初是从这块大陆上成长起来的；而遍及其他大陆和岛屿的佛教、基督教和伊斯兰教，也都是从这同一块大陆上发源的。黑眼睛、黑头发、黄皮肤的东方人的历史和金发碧眼、白皮肤的西方人的历史，最初都写在这块伟大陆地的两端。

只要把历史翻过两千多年，面对着你面前的地球，越过八个时区的空间距离，你便可以同时看到那个时候在这块大陆的两端所发生着的互相没有关联却又遥相呼应的一系列雄伟而生动的活剧，使你心仪，使你动容，使你叹为观止，使你扼腕叹息。你会发现在那些活剧中主要人物的心灵气质和行为举止，在多大程度上影响到了后世的东方人和西方人。

那个时候美洲大陆被大洋默默地隔绝在地球的另一端不为人知，它的发现是一千多年以后的事。虽然土著居民早已在那里生息了无数代无数年，但对这块大陆上的世界历史来说那个时候美洲还不存在。而澳大利亚更是一块漂浮在大洋中的孤独的大陆，在哥伦布看见了美洲大陆以后又过了二百多年，库克船长才登上了它的土地。那时候非洲的大部分也都还隐藏在文明史以外的阴影之中，它能让人看见的部分只是沿着地中海一线和欧亚大陆的西端隔海相望的那一条狭长的地带，它之所以令人瞩目也只是因为它和与它相连的另一块大陆之间频繁发生的战争和贸易的关系。

但在欧亚大陆上，在它东端的内陆平原和它西端的沿海区域，两个日后一直影响到了现今世界格局的人类文明已经形成了泱泱大观。爱琴海文明已经奉献出了一个灿烂的古希腊；而黄河流域春秋战国时代所呈现出的诸子百家如花怒放竞相争妍的景象无疑是中国历史上最有气度、最为辉煌、最令人赞叹的时代。

第一章 渊源和异同

画家高更有一幅画，标题是："我们从哪里来？我们是谁？我们要到哪里去？"无论对东方人还是西方人，这都是一个需要思考并且回答的问题。

　　考古学证明罗马城的建立是在公元前735年，但文学传说中罗马人的祖先却源于希腊的神话，延续着希腊女神阿芙洛狄忒，即罗马人称为维纳斯女神的高贵血统。维纳斯的儿子埃涅阿斯在特洛伊战争后来到了意大利半岛上的拉丁姆海岸，他的后代中有一位女祭司，名叫雷亚·西尔维亚，女祭司本应守贞，却与战神马尔斯生下了两个男孩：罗穆卢斯和瑞摩斯，这两个婴儿在降生后被遗弃在台伯河边，由一只母狼救起并哺养，直至被一个国王的牧羊人发现。两兄弟长大后成为猎人和一群强盗的首领，但血统的力量让他们意识到要在牧羊人发现他们的地方建立一座新的城市，这就是罗马城的起源。两兄弟中的哥哥罗穆卢斯成了罗马的国王，统治了很长时间，并在死后作为战神奎里纳斯受到崇拜。在他之后，有六位国王继承了王位，这就是古代的罗马七王，直到最后一个"傲慢者"塔克文被人们推翻，古罗马进入了共和国时期。

这是一个很有意味的古代神话。罗马统治者的血统来源于神，而他们生存的动力却来自狼的哺育，他们生命中既有着神族的高贵也有着狼族的野性冲动，这决定了罗马在未来的发展。

而中国人的祖先故事则是久远的传说。罗马人崇拜的是神祇，中国人崇拜的却是圣人，这是两种不同文化的一个很大的区别。传说里中国人的始祖都是一些圣人，他们不是神，却有着某种神圣的地位。说起人文始祖，中国人爱说三皇五帝。因为远古传说中的圣人太多，关于三皇五帝也有着许多不同的说法。一般认为，三皇应该是有巢氏、燧人氏和神农氏；五帝则是黄帝、炎帝、帝尧、帝舜和大禹，因为这三皇五帝可以象征和印证人类文明的发展过程。有巢氏表明人类有了建造自己居所的能力；燧人氏表明人类开始了对火的掌握和运用；神农氏表明农耕文明的初步实现和人们对植物性能与功效的了解；黄帝和炎帝象征着民族凝聚力的形成；帝尧和帝舜时代的社会和谐和权力禅让方式象征着天下为公的理念和人类大同的理想；而大禹治水的成功则表明了人类在与大自然斗争中的成熟。

在传说中比这些圣人们更早的上古，虽然也有女娲炼石补天和用泥造人的故事，但那是中国古代传说中的异类，是彻头彻尾的神话。上帝造人，女娲也造人，但犹太人旧约中那种宿命力量推动着造人的神话成为一种宗教的开始，而女娲造人仅仅成了一个飘浮在中国上古空气中的虚幻的神话。

古代中国，在考古年代上连接于新石器时代之后，在人文传说中连接于三皇五帝之后，开始了中国人最早的王朝：约公元前 21 世纪至公元前 16 世纪的夏；公元前 16 世纪到公元前 1066 年的商；公元前 1066 年到公元前 221 年的周。要让一般的西方读者了解秦汉时代以前的历史，夏和商太远，从周说起就可以了。正如罗马的七王时期是因为"傲慢者"塔克文的暴虐被推翻的，周朝的创立者也是用起义推翻了最末一代商朝统治者，暴虐无道的商纣王，用仁义的形象建立了自己的统治，自称为天之子，以表明其统治的合法性。为了防止和缓和王室内部对继承权的争夺，周王朝确立了嫡长子继承制，同时分封子弟、亲戚为诸侯，形成了以周天子为核心的层层统治。

这是中国历史上真正的封建时代：有一句话叫作："普天之下，莫非王土。"意即所有人们能够触及的土地，都是属于天子的，这叫王土。天子可以把王土分封给诸侯，叫作国土。从一世武王到二世成王，周天子先后分封了七十一个诸侯国。当然，诸侯要承担守卫疆土、捍卫王室、缴纳贡税、朝觐述职的义务。诸侯也有权将自己封地内的土地和人民封赐给家族和亲信，这些人便是卿大夫，卿大夫的土地叫采邑。卿大夫也可以把自己所拥有的土地封给家臣或亲信，这些人被称为士，士的土地叫作禄田。取得了封土的卿大夫和士，当然也得向授予他们土地的人尽相应的义务。像这样的层层分封，短时期内不会有问题，但长此以往必生祸患。因为土地是有限的，而天子、诸侯、卿大夫、士们的传承和增殖则是无限扩大的。普天之下的王土被分封成越来越多的块，于是在大大小小的土地拥有者之间必然会发生互相的兼并，而强力的兼并必然要动用武力，于是作为天下共主的周王室逐渐衰微，同时群雄并起，一个诸侯国之间激烈竞争的时代开始了。在经过历史上被称为春秋时代的三百年兼并战争之后，原先的数十个诸侯国只剩下了七个，并且互相处在虎视眈眈之中，因为最终的结局，不是吃掉别人，就是被别人吃掉。这最后七个诸侯国互相征战的时代，中国历史上称为战国。而当战国七雄之一的秦国最终凭实力吞并了其余六国之后，中国历史便从纷繁复杂而又绚丽多姿的先秦时期，进入了从秦开始的大一统时期。

秦统一中国是在公元前 221 年，那个时候，罗马正在进行着和迦太基的第二次布匿战争。在进入战争主题的叙述之前，我们不妨先来看一看东方和西方这两大民族的基本形态，以比较其相同和相异之处。

首先是其权力来源的不同。

古罗马君王的权力来源是：由狼养大的神的儿子。

古代中国君王的权力来源是：由天授予的圣人地位。

其次是其政治形态的不同。

罗马的政治结构经历了王政和共和的交替，其后又经历帝政；帝政中的家族继承制、养子继承制和推选制、皇帝分治制等多种权力交接形态。

而在中国古代，皇帝制度从秦开始由汉继承，这种中央集权的统治方式是一种超稳定的政治结构。直到公元1911年的辛亥革命将其推翻，其间几乎没有任何变化。

再来看一看这两大人群的聚合方式。

罗马世界人群的聚合在相当大的程度上依赖于水的流动，从公元前9世纪到公元前8世纪开始，相当于今天的托斯卡纳地区、拉丁姆地区北部、坎帕尼亚和波河河谷就已经出现了伊特鲁里亚人和希腊人，而希腊人更是通过海路触探到了迈锡尼文明，并建立起了真正的殖民地，后来发展到意大利南部的两侧海岸，包括西西里岛。地中海便利的水路交通促进了不同民族的交流和融合。所以罗马是一个海洋帝国。

而华夏民族的聚合则完全是土地上的迁徙，从黄河上游的黄土地带，渐次向长江流域、淮河流域和珠江流域扩展，最后止步于大海之边。这决定了它只能是一个内陆帝国。

正如海洋和土地是他们的立国之本一样，在他们的生活形态上，也是一个充分利用着水，另一个深深根植于土。

看一看至今仍高架在空中的古罗马水道吧，再看一看古罗马人留存至今的堂皇的浴室、漂亮的喷泉，还有那些精致的金属水泵、水阀和水管吧，在坚固的石头建筑和灵巧的水的流动之间，你不得不赞叹古代罗马人把水用到了一种什么样的程度。喷泉的大量涌现，表明罗马人对水的利用不仅是形而下的，还是形而上的。

而中国人对土的执着也不能不令人叹服。和罗马人的石构建筑不同，古代中国人很少用石材建造房屋，而多采用夯土与木梁架的混合结构，称为土木建筑。虽然考古中有时碰到几千年前的夯土仍然十分坚固，但毕竟木头难以抵抗时间的侵蚀，更难以逃过战火的劫掠。所以除了在古代文献的记载里，现在我们已经看不到秦汉时代的建筑。其他时代的宫殿，也大多只剩下了石质的柱础和砖质的瓦当。秦朝的阿房宫和汉代的未央宫，现在都只存在于诗歌辞赋之中，但古罗马的神殿和圆形剧场，仍然牢牢地立在地面上。

但是中国人对泥土的感情并没有浪费，在漫长的时间里，他们始终对泥土孜孜不倦地研究与揣摩，慢慢地由陶演变为瓷：青瓷、白瓷、青花瓷、釉彩瓷，终于开出了灿烂的文明之花！

当中国人对泥土一往情深的时候，并没有忽略对水的求索。在古代的三皇五帝中，离人们最近的是治水的大禹。在他的领导下消除了水患之后，华夏子民便全心致力于对土地的耕作了。作为大禹的传人，中国历史上有不少兴水利治水患的出色人物。而且就是在秦国统一天下的过程中，三个最为出名的古代水利工程得以建成。

第一个是由李冰父子于公元前256年建成于成都平原西部岷江上的都江堰，这是全世界迄今为止，年代最久、唯一留存、以无坝引水为特征的宏大水利工程。它主要由鱼嘴分水堤、飞沙堰溢洪道、宝瓶口引水口三大主体工程构成。科学地解决了江水自动分流、自动排沙、控制进水流量等问题，消除了水患，使川西平原成为"水从人愿"的"天府之国"。两千多年来，一直发挥着防洪灌溉作用。

第二个是公元前246年秦国穿凿的郑国渠。这条大型灌溉渠长达一百五十公里。设计者郑国充分利用当地西北略高、东南略低的地形特点，使干渠沿北面山脚向东伸展，很自然地把干渠分布在灌溉区最高地带，不仅最大限度地控制灌溉面积，而且形成了全部自流灌溉系统，当时可灌田四万余顷。

第三个是公元前214年开凿于湘桂崇山峻岭之间的人工运河灵渠。工程师史禄通过精确计算，奇迹般地把长江水系和珠江水系连接了起来，运河推动了战事的发展，最终把岭南的广大地区正式地划入了中原王朝的版图，为秦始皇统一中国起了重要的作用。此后这条运河被改造为以灌溉为主的渠道。

但是中国人这些对水的掌控，归根结底还是为了更好地利用土地，以便于粮食的生长。因为在漫长的历史中，粮食短缺始终是中国人的心腹大患，这确实是心腹大患！因为没有粮吃就要饿死人，每当发生大规模的饿死人事件，离这个王朝的覆灭也就不远了。

而在罗马的历史上，似乎少见大规模饿死人的事件。欧洲丰饶的土地和优越的气候，还有便利的贸易，使土地所产不仅足以供应人们吃饱，还可以供应人们喝足，欧洲的大片土地种植的不是粮食而是葡萄，由此产生的是葡萄文化。

看一看这两大古国的货币，都是有金有银，但流通最多的自然是铜。中国的钱币有些是由工具演变而来，比如布形钱和刀形钱就还留存着农具和武器的形状。后来发展成为方便实用的圆形钱，但中间开口却是方的，也许是象征了中国人天圆地方的理念。而古罗马的钱一向就是圆的。罗马的统治者愿意在钱币上留下自己或是亲人的头像，而中国的统治者铸在钱上的是自己的年号。

这两大古国人们书写方式的异同也是很有意味的。在考古中发现的随便一个古代中国的书写残片，在现在的人看来都是非常美观的书法作品，其实那只是某个古人随手写下的文字而已。中国人写字需要四样工具：笔、墨、纸、砚，写起来龙飞凤舞；而西方人少了一样：砚，墨水的使用也比中国式的研墨要方便得多，写出的字也更细密朴实。中国人铺张豪放的书写方式使书法成为艺术，而西方人简单实用的写书方法或许使文字更容易进入科学领域。

同样是对待石头的态度，罗马人和中国人也是不一样的。罗马人切割大块花岗石和大理石建神殿，刻雕像；中国人则雕琢小块美玉做礼器，做饰品。当你感慨古罗马的石头建筑千年不倒的时候，也不能不赞赏中国的那些玉器精美绝伦。但是中国人在玉的雕琢上下了太多的功夫，如果把这样细致的功夫下在别处呢，是不是能更多地导致实用性技术的发展？

再看看两千年前的饮食用具吧，中国古人的炊具怎么看都是历史文物。而古罗马时期的锅、杯、勺、盆、碗、盘，和现代人的几乎无异，除了现代人一般不用银子来制作它们，古与今，似乎没有两千年的距离，那煎锅分明就是现代家庭主妇的煎锅，那小勺就是现代餐馆里的小勺。

再看看汉代中国人的灯和同时期罗马人的灯，一边华丽讲究，另一边简单实用。那时候点灯用的都是油，无论是中国的豆油还是罗马的橄榄油，只要被智慧之火点燃，都照亮着各自的历史。

还有乐器，中国汉代的编钟和罗马一世纪的长笛，它们都是用铜做的，编钟至今完好，长笛却已破损。但王室用的编钟被埋进了坟墓，而长笛在民间被人吹奏着，虽然最后破损了，但可以想象它吹奏过的乐曲却在地面上流传了下来。

不过，在军事的形态上，东方和西方的两大帝国倒是非常接近。看一看古罗马军人的雕像和秦始皇兵马俑的塑像，虽然一种是用石头雕刻，另一种是用陶土塑造，但都是同样的威武逼人。

在兵器的制造和使用上，就有更多的趋同之处。比如剑与盾，盔和甲，都是军队作战必不可少的装备。同时也都采取了不同的方法去远距离地击杀敌人。在这方面罗马人使用的是标枪，这种方式延续到后来成了奥运会里的标枪竞技；而中国人使用的则是弓和弩，这也演变成了现在奥运会中的射箭比赛。看一看秦汉时代中国人制造的铜弩机吧，这种控制箭镞发射的机件是不是可以和古罗马人控制水流的铜制构件比美？

值得一提的是从春秋战国到秦汉之际的作战方式。中国的读者在这方面大多受了古典战争小说《三国演义》的误导，以为古人作战就是两军对面排开，由两边的将军出马单独对决，战斗的胜负往往由将军个人的武艺决定。如能在单个决斗中击败对手，挥军冲杀过去，便是大胜，反之则是大败。其实战争哪能这么简单？笔者在认真研读了关于中国古代战法的典籍之后，才大致了解了古代步兵的基本作战方法。在秦汉以前，也许可算上是秦代那一时期，军队使用兵器主要有五种：戈、戟、殳、矛、矢（矢包括弓和弩）。而中国人常用行伍一词来表示从军，伍这个词，就是五个站立的人，持握五种基本兵器，成为步兵最基本的作战单位。

可以用手来打一个比方，人手有五指，正好合五之数。五指长短不一，作用不同，兵器也是一样。戈是砍击兵器，所以不能太长，过长就用不上劲；矛是刺击兵器，以前出突刺的动作来杀敌，所以矛需要长些，太短了就发挥不了作用；戟是戈和矛的合体，兼有钩砍和刺击的功能，所以要长短适度；而殳是击打兵器，靠力量去打击敌人，也要有一定的长度才能打得重和狠。兵器击敌的方式不同，长度要求就不同。长兵器的优势是能够在较远距离上杀伤敌人，但它有一定的击刺死角，不能对付抵近之敌。一旦一击不中，优势立刻就变成了劣势，这个缺点就需要以短兵器来掩护。而短兵器杀伤距离有限，很可能还没有抵近便被敌人的长兵器击中，所以又需要长兵器来掩护。兵器的配合要讲究以长补短，以短救长，长短相助，互为依靠。秦以前的《司马兵法》说，殳矛守，戈戟助，弓矢御。挥动灵活的戈与戟在前，殳与矛靠后，而可以飞射而出的弓弩在最后，以这五种杀伤距离不同的兵器构成一个战斗单位，才能最大限度地发挥作战威力。这样由五种兵器构成的一个战斗整体，就是伍！在古代兵法中，军队必须聚则成阵，散则成列，根据情况可以密也可以疏，但是在任何情况下，最小的作战单位是以伍为限度的，否则就会成为溃不成军的单兵了。

伍，是步兵最基本的作战单位，就像现在军队中的班。在伍以上是两。两是由五个伍组成的最基本的作战方阵，相当于现在军队中的排。在两这个方阵中，不但正面有长短兵器的配合可以进攻和防御，而且每一个呈直线排列的伍的侧翼也能得到保护。从战术意义上来讲，两已经是一个能够独立实施攻击和防御的基本作战分队了。伍的头目应该是叫伍长。两的头目是有一个专有名称的，叫作两司马，相当于现在的排长。而由四个两组成一个百人分队，相当于现在的连队，其头目就叫百夫长了。百夫长这一军职，在古代中国军队中有，在古代罗马军团中也有。

在下一章中我将要写到在秦汉之际由中国古代著名将领项羽领导的反秦战争，和第二次布匿战争中军事天才汉尼拔对罗马的征伐。在读到那些精彩的战争场面的时候，如果把我刚才讲到的这种作战方法带进去，也许会更接近古代战争的实际形态。这两场战争的意义在于：在东方，是项羽给了秦王朝以致命的打击，他以西楚霸王的身份取代了秦的统治者，并不久就由于在楚汉战争中的失败，使中国的历史迅速地进入前后四百年的两汉时代。而在西方，罗马顽强地经受住了汉尼拔长达十七年的打击，最终战胜了对手，保住了自己在地中海世界的霸权并将其延续了四百年之久。

第二章　战　争

汉尼拔和项羽

　　公元前200年以前的东西方世界，像两盘差不多同时下在这块大陆两端的棋，在起初潇洒漂亮的布局之后，接着是中盘的激烈而混乱的厮杀。这些大起大伏的厮杀，在西方先是波斯人的统帅居鲁士大帝、冈比西斯、大流士的大军一波又一波地对希腊人世界的冲击，然后是希腊世界中马其顿的亚历山大对埃及、对小亚细亚、对幼发拉底和底格里斯两河流域、对波斯、对鞭锋所指已经超过印度河的广大地区的迅猛而短暂的征服……而在东方，则是周王朝的瓦解和各个新兴的诸侯国之间你强我弱此消彼长的纷争。在连年刀光剑影的战乱中，两个日后将要统治东方世界和西方世界的国家形态渐渐羽翼丰满了，它们冷静地观看着棋局，在经过了激烈的中盘搏杀之后，现在需要有人出来收拾残局了。

　　这两个以自己的实力来收拾残局的人，在东方，是秦；在西方，是罗马。

但是，无论在东方还是在西方，都还有战争奇迹中的英雄尚未登场，他们一旦杀了出来，就以其非凡的勇力把原来的棋局搅个落花流水。以至于你无论从什么时候向那个时代回首，首先看到的都是那两个巨人的身影，你不能不为他们的所作所为而怦然心动。那两个掀翻了和几乎掀了棋局的人，在东方，是项羽；在西方，是汉尼拔。

远在这两个人诞生之前，远在中国的战国时期开始之前，也远在古希腊人于著名的马拉松击败入侵的波斯人之前，在欧亚大陆伸向印度洋的那个半岛上，有一个叫乔达摩·悉达多的人像其他所有的人一样出生然后死去了。但和别人不一样的是在他活着的时候有一天坐在菩提树下悟出了某种人生的真谛而成了佛陀，于是在身后传下了一脉源远流长的佛教。佛教的一个重要教义就是反对战争和杀生。在很长一段时期里佛教只是在印度半岛上默默地成长着，和这块大陆两端所发生的战事没有什么关系。它对西方世界始终没有发生太大的影响，它传入中国也是很久以后的事了。我在这里提起它，只是为了找一个地理上的坐标，把鼻梁对准这块基本处于大陆中间的印度半岛，以便于左眼看着西方，右眼看着东方，把两部分别写在大陆两端的历史，在同一个时空里联系起来。

战争史诗的前奏

公元前221年，秦王嬴政在相继吞并韩国、赵国、魏国、楚国、燕国和齐国之后，终于在祖辈创下的基础上完成了统一中国的大业。他觉得原来的名号已无法颂扬他的功业了，便从上古时代三皇五帝的称号中各取一字，称为皇帝；为了传之后世，又在皇帝前面加了一个始字，称为始皇帝。而被他征服的六国臣民，却在秦国的国号前加了一个暴字，称为暴秦。这两个加上去的字，对他和他的帝国来说都是至关重要的。在坐稳了江山之后，这位雄才大略的皇帝干了一系列过去的帝王们从没想到要干，或者想干不敢干，敢干而又干不成的事：他搜缴了天下的武器铸成了十二个铜人来威震天下；分郡县、定法律、统一文字和度量衡乃至于车辆的大小和道路的宽窄；盖宫殿、修陵墓、封泰山、巡东海、筑长城、寻找长生不死的灵丹仙药，乃至于臭名昭著的焚书坑儒……在中国的历史上许多事情秦始皇无疑是始作俑者，当然还包括两千年后才出土的兵马俑。秦始皇的所作所为，对中国人来说已经是历史常识，还是让我们去看看那个时候的罗马。

那时的罗马没有皇帝，只有元老院和执政官，罗马有皇帝是以后的事情。早在公元前510年，罗马人就起义推翻了王政时期的最后一个国王小塔克文，建立起罗马共和国。有意思的是，在更早以前的公元前841年，中国的西周时代人们同样是推翻了一个不得人心的国君周厉王，有过一个极短暂的称为"共和"的时期。中国古代史准确的编年，就是从这个"共和"国号开始的。但是中国古代的"共和"只延续了短短十四年，又回归成了王政。然后王政变成帝制，再次出现"共和"的国号，已经是两千八百年之后的二十世纪了。就像西方人会奇怪中国人一副帝王的衣冠怎么会一传就是两千多年一样；中国人同样也会奇怪西方人怎么在两千多年前就有了一套完整的民主制度？罗马没有皇帝，却不妨碍它成为一个帝国。就在秦统一中国差不多的时候，已经统一了意大利半岛的罗马人赢得了和迦太基的第一次布匿战争，初步尝到了一个不光拥有陆地，而且还拥有海洋和海外殖民地的强大帝国的甜头；而迦太基人却在品味着失败的苦涩。

罗马人有着强大的战争机器，他们装备雄厚的方阵在平原战斗中足

17

以击溃任何队形散乱的敌人。而当罗马军队必须进入丘陵和山地作战时，另一种阵形和装备就成为必要，因此罗马人发明和采用了军团的编制。一个军团分成若干支队，操练纯熟得能迅速变成不同的队形。在必要时能分成小集体，随时又能重新集合起来。每个士兵都有头盔、盾牌和披甲的保护。他们手执装有铁尖的重标枪，可向敌人投掷，在狭窄的地方则用短剑来搏杀，并且每夜都构筑设防的营地。罗马人是在敌人的环伺下成长起来的，他们习惯于为生命而战；当人口多了，他们又为土地、战利品和荣誉而战。

罗马人不光只会挥舞大棒，同时也很会使用胡萝卜。在对待被征服民族的策略上，罗马人是十分精明和成功的。制服了的敌人通常被允许保留他们大部分的土地，并按照他们自己的法律和习俗管理他们本地的事务。在被征服的土地上，罗马人到处建立起一些殖民地，每个殖民地大约派驻三千个罗马公民，每人分得一小片农场。这些殖民地的建立不仅仅是为了给罗马增长着的人口提供土地，而且也保证了边远地区有效忠于罗马的公民社会。当他们有了效忠于罗马的证明之后，罗马人会用给这些地方增加权利的办法来奖赏他们。这一点的重要性我们将在日后的战争中看到。

同时罗马人还修筑了良好的道路，罗马谚语说：条条大路通罗马。其实罗马人更主要的想法是有条条道路从罗马通出去，便于在战时军团可以迅速地开往各地，并且保持各殖民地和罗马城的联系。最初为战争准备的血管后来也成了文明的动脉，促进了贸易和文化的交流。最重要的是道路通向机遇，那种被罗马人紧紧抓住了的历史的机遇！

只要看一下地图，你就可以知道罗马人控制下的意大利半岛像一只一脚踏进地中海里的军靴。这只军靴的尖上放着一只随时都可能被它踢起来的球——西西里。

而在地中海非洲海岸突起部分的迦太基则像是一只紧握着的拳头，拳锋所向不远处也是那只球——西西里。

西西里岛在罗马人和迦太基人之间。西西里拥有肥沃的田野、富饶的城市和航海的便利。希腊半岛上的埃皮鲁斯国王皮洛士曾率兵从意大利这只靴子的底部长驱直入几乎攻陷了罗马，最后却被罗马人和迦太基人联手战败在西西里。罗马方阵在陆地上击败了他的军队；而迦太基人在海上击沉了他的舰队。公元前275年他带着残兵败将离开西西里的时候，曾预言罗马人和迦太基人不久就会互相残杀，因为西西里是罗马狼和迦太基狮子之间争夺的一只肥羊。

迦太基，是腓尼基人在北非海岸上最强大的城邦，比罗马更古老、更富有。在这里腓尼基人将所有的勇气、聪明和热情都投入商业的发展，推进了航海术、制造业和殖民地的建立。商船和军舰挤满了它的港口，它的海上势力范围从小亚细亚一直到直布罗陀海峡，广阔的地中海几乎成了它的内湖。一位迦太基船长曾自负地说："罗马人得不到我们的允许就不能在地中海里洗手！"

傲慢的罗马人当然不能容忍这种傲慢。但当它挺起军靴上的马刺指向迦太基时，最主要的原因还不是为了给对手一个教训，而是欲望和恐惧：欲望是想掠夺更多的财物和土地，恐惧则是怕日益强大的迦太基最终会把它吞掉。

战争果然在西西里开始了。为了赢得在地中海里洗手的权利，罗马人建造了强大的舰队，并把在陆地上战斗的优势挪到了海上，在墨西拿西北的米拉岬角，它利用吊桥钩住敌方战舰的战术击败了掉以轻心的迦太基舰队。当然它也付出了极高的代价，在第一次布匿战争的二十四年里共损失了七百条船和二十万人。但最终迫使迦太基按照罗马人提出的条件签订了和约，迦太基付出了大量黄金作为赔款，并且放弃了在西西里岛上的一切权利。罗马人获得了这个拥有大量的麦田、橄榄林和葡萄园的丰饶之岛。在以后的几年里，罗马又利用它的舰队从迦太基手中夺取了地中海西部的另外两个大岛撒丁岛和科西嘉。

现在，经过一系列海上和内陆的战事之后，东方和西方的两个世界都平静下来了。罗马把欧亚非大陆之间的地中海变成了自己的内湖；秦国则把亚洲东部向太平洋里凸出的那一部分大陆覆盖在了自己的衣襟之下。

但平静是短暂的。迦太基人在战败的屈辱中卧薪尝胆；被秦国吞并的六国遗留的贵族们也在暗暗地等待着时机。两个伟大的复仇者掀起的风暴很快就席卷了大陆的两端。

在叙述项羽和汉尼拔的战争之前，首先应该提到的两个人是项梁和汉米卡。他们是前者的叔父和父亲，同时也是给他们铺好了跑道的教练和教他们该如何去完成事业的老师。

关于项梁，中国历史上没有太详细的记载，我们只能从司马迁的笔下大概地看一下他的情况。他的父亲是被秦将王翦所杀的楚国名将项燕。楚国灭亡后，他带着那个日后叱咤风云的侄子流落在民间，他教项羽学文，又教项羽学剑。项羽说："文字只不过记录姓名，剑只不过对付一个人，都不值得过于用心，要学就学能敌万人的东西。"于是项梁便教他以兵法，项羽的一身豪气很可能是受到他的将门气质的影响。

罗马和中国的历史上都有过著名的奴隶起义。在罗马是斯巴达克斯，在中国则首推陈胜、吴广。当陈胜、吴广在大泽乡起义以后，项梁便杀了当地的郡守，组织八千精兵。项羽当了他部下的副将，他的军人生涯由此开始了。

项梁引兵渡过长江西进，一路收编了许多缺乏有力指挥的起义军，以项羽为前锋攻克了襄城。当得知最初起义自号为王的陈胜已死，便召集所有分据各处的将领们在薛城聚会，共商反秦大事。从政治策略考虑，他采纳了谋士范增提出的建议：立故国楚怀王的孙子为王来做号召，从名义上统领各支起义军，为抗秦大业奠定了基础。在当时所有的起义军领袖中，项梁无疑是最具有战略眼光的一个，并且也取得了相当的战果。可惜由于骄傲轻敌，在定陶一战中兵败身死。但是最终置秦国于死地的那把利剑项羽，却是由他铸造出来的。

　　关于汉尼拔的父亲汉米卡，因为手边有蒙森的《罗马史》，我们就可以知道得相对多一些了。在汉米卡的一生中始终对罗马人绷紧着一根战争的神经，他是那个时代最有远见的军事家和政治家，即便是在相对和平的时期，他也从没有忽略过罗马人对迦太基的威胁，并且企图从根本上消除这种威胁。他很清楚罗马和迦太基在地中海两岸所占的势态：迦太基虽然有强大的海上力量，却也有一个致命的缺陷，它缺乏能和它的海军相媲美的陆军，同时也缺乏像罗马人拥有的那种基础稳固的同盟。他深知要想从根本上击败罗马，战争必须在意大利本土进行。他预感到一旦罗马人强大起来，迦太基的命运将在劫难逃。他一生的努力都在于改变自己国家将来的厄运。

　　在第一次布匿战争中罗马人和迦太基人互有胜负，双方都损失惨重，双方也都精疲力竭。但是罗马人的耐力更胜一筹，最后在艾古萨海战中获胜。胜利带来了和平，迦太基人签了战败之约。但在这场战争中表现最出色的将军却是迦太基的汉米卡，他率领一支陆军一直成功地坚持在西西里岛，给罗马人不断的打击和骚扰。他的目的是要把西西里经营成向意大利本土进攻的跳板，最后却因迦太基海军的失败和罗马军队在非洲登陆围攻迦太基城而不得不放弃西西里回师救援本土。因为迦太基人在战争总体上的失败，海上霸权已经易手，驾驶强大的舰队以西西里做跳板向罗马进攻已不可能，日后他的儿子汉尼拔为要完成他进攻罗马本土的计划时就不得不走另一条艰难得多的道路了。

在缔结和约时，汉米卡勇敢地拒绝了罗马人提出的两个条件：放弃汉米卡自己的军队和交还罗马逃兵。也许是罗马人急于取得胜利与和平，也许是罗马人对战争中的损失还记忆犹新，也许是出于对汉米卡本人的畏惧和敬佩，汉米卡的拒绝成功了。

和平终于达成，但对迦太基来说代价却极为沉重。虽然他们还拥有非洲海岸、西班牙的一部分和通向大西洋的门户，但在罗马的虎视眈眈之下谁能保证这些一直留在他们手中呢？迦太基需要休养生息，罗马也需要休养生息，谁先恢复了体力和元气，谁就可以扑倒对方。汉米卡知道这个停战条约只是暂时的，只能用来准备即将来临并且不可避免的战争。并不是为了复仇，也不是为了收复失地和权利，而是为了保证自己的生存不至于仅仅依赖于敌人的善意！汉米卡得到了一个机会，在平定一场后院起火的利比亚叛乱后他得到了全非洲总司令的任命，任期不限，并且能够独立于政府机构以外行事。

现在他可以实施他的拯救迦太基的计划了。他筹集经费，组建军队，他的第一个进军目标是在地中海另一面那块大陆上的西班牙。那时候他只不过三十岁多一点，正是建功立业的大好年华。但是，当他出发的时候，却似乎预感到无法完成他的伟大计划，命运也许只能远远地让他看一下他想到达的地方，就像大洋彼岸的岛屿，沙漠那边的远山。对于历史来说，一个人的生命是太短暂了，尤其是战争中军人的生命。在上一次战争中，许多战争开始时还没有出生的人，在战争结束前却已战死。在离开迦太基之前，他意识到自己有可能再也无法踏上这块故土，他带着他的儿子，九岁的汉尼拔，在他们的神的殿堂里发誓：永远与罗马为敌。在我们现在的这个越来越多地用政治手段来解决纷争的世界里，如果还有谁发这样的誓言无疑会被认为是战争狂人；但在那个时代，一个民族的生存往往是要以另一个民族的死亡来做条件的。这位迦太基的统帅率军渡过了现在叫直布罗陀海峡的海格里斯之柱，在西班牙登陆，开始了他计划中从陆地向罗马的进军。

但是两位伟大统帅的父辈和导师都有着相同的命运，注定了由他们开始的计划必须由他们的后辈来完成。在到达西班牙不久，汉米卡便在一场战斗中阵亡。

两位英雄

在大陆两端的这两位互不相关的英雄身上，我们可以看到许多相似之处。他们同样是出于有名的将门家族；同样在少年时就经历了国家战败的屈辱；同样受到了父辈悉心的教导，并从父辈那里继承了高贵的品质、非凡的勇力以及国恨家仇和强烈的使命感。他们都豪情勃发力大无穷。项羽力能举鼎，虽然表示不屑于学只能敌一人的剑术，可是一剑在手却百人莫敌，骑着乌骓马冲入敌阵所向披靡，杀到哪里都是如入无人之境。而汉尼拔轻灵而强韧的身体使他成为最出色的赛跑家、拳击家和骑马者；他精力旺盛，极少睡眠，滴酒不沾；他的军人天性使他既懂得如何享受食物也知道如何忍受匮乏。而且他们绝不是那种粗文少墨的军人，不但善于用演讲来振奋军心，而且行诸文字也有相当的水准。汉尼拔可以用娴熟的希腊文来写国书；而项羽最后唱出的《垓下歌》也足以让人一咏三叹。他们出道的时候，都只有二十几岁的年纪。最重要的是，在血腥的厮杀中他们从没有丢掉过君子风度。

铸造了项羽这柄利剑的虽然是项梁和他的军人世家，但拔去了它的封鞘的人却是一个原本身份十分卑微的农民。这个人就是陈胜，中国历史上的第一个农民起义领袖。陈胜留在历史上最有名的一句话是："王侯将相宁有种乎！"这是他在宣布起义的时候对他的属下们说的：王侯将相他们的命难道是生来就注定了的吗！能说出这样一句精彩的话来，确实超越了当时与他为伍的那些平头百姓的水平，所以由他来当头儿是很自然的事。在说出这句话之前，他还有另外两句名言。那还是在他年轻时受雇帮人耕田干累了在田埂上说的，他先长出了一口气道："苟富贵，无相忘！"旁边的人笑话他道："你一个种地的能富贵成什么样呢？"于是他叹道："燕雀安知鸿鹄之志！"

一句话往往便标定了一个人的质量。陈胜的质量明显地高于他周围的农民，但是这质量显然还不够担当起推翻一个强大王朝的大业。就像一柄长矛，无疑可以刺穿血肉之躯，但碰到坚硬的盾牌时却将被折断。陈胜的鸿鹄之志，仅仅是享受一下王侯们的富贵而已。

那个时候还有另外两句同样出名的话，分别是另外两个后来的起义军领袖在看见秦始皇浩浩荡荡的出巡队伍时所说的。刘邦看见了秦始皇的威仪盛势，慨然长叹道："大丈夫就该是这个样子啊！"钦羡之情溢于言表。这种对于帝王声色的向往，决定了日后一旦有机会他将不择手段地去达到自己的目的。

真正语出惊人的是项羽，场景不变，人物变了，说出的话也就大不一样，既不是像陈胜那样对富贵的向往，也不是像刘邦那种对权势的钦羡，而是一种带有深深的宿命意味的使命感："彼可取而代也！"富贵和权势他都没有看在眼里，只是想把那个曾扫平了六国的暴君以他之手来扫倒。当完成了这一件命中注定要由他来完成的大业之后，富贵和帝位都可以视之若浮云了。

三个人物三种语言，孔子在写《春秋》时所讲究的微言大义，我们在活生生的历史中也可以读到。

　　让我们来大略地看一下陈胜起义以后的状况。陈胜和吴广揭竿而起一路边打边招兵买马，攻下陈地后便自立为王，国号张楚。立自己为王自然是为了增加起义军的号召力，但无疑也和他的富贵梦有关。于是各路豪杰纷纷响应，一时形势如火如荼。但不久，起义军领袖们的自私、贪婪与短视就显露了出来，大敌未破，互相间的内讧与残杀却层出不穷。其中一件事是陈胜的将军田臧为了争夺兵权假造了陈胜的命令杀了和陈胜一同起义的领袖吴广，并把吴广的头献给了陈胜，陈胜居然接受了，还任命他做上将，这种无情无义和无原则到了令人吃惊的程度。所以日后陈胜被他的车夫庄贾所杀也没有太多可抱怨的地方。中国的农民起义，从一开始就充满了内讧和自相残杀，这几乎成了后来许多农民起义难以逃脱的命运。而起义的归途，无一例外的都是走上皇帝之路，他们不管姓什么，全都走进了始皇帝为他自己的子孙们划定的路线，这是秦始皇始料不及的。只有项羽是一个例外，他是中国古代已经握住了左右天下的权力却并不想当皇帝的唯一的一个高尚的傻瓜。当然严格地说，他不是农民起义的领袖而是一个旧贵族。农民比贵族更想尝一下当皇帝的滋味。

　　田臧这位被陈胜王新封的上将看不出有多少军事才能，被秦将章邯一触便身死兵败。这样的一群只知自己封王和互相残杀的农民军只能被称为乌合之众，被一个章邯赶杀得七零八落，显然无法动摇秦朝的强大根基。陈胜一共当了六个月的王，虽然没有推翻秦朝，却也享受了一番荣华富贵，以他的人生目标来看，也算是实现过了。推翻暴秦的重任，将落在能够当得起这个分量的人的身上。

命运的重负同样也落在了汉尼拔身上。

汉米卡死了，他的军队却在西班牙站稳了脚跟。罗马人忽略了这块大陆从西边开始的地方，他们以为迦太基人在这里的行为只是为了弥补因为失去了海上贸易自由而引起的商业和贡税上的损失，他们觉得由迦太基人来发动指向罗马本土的战争，尤其是从西班牙来攻击意大利半岛是不可能的，而且汉米卡已经阵亡。在没有预见到巨大的危险时，他们不可能下大决心派出大军去扑灭一团燃在远处的篝火。他们将为他们的这种错误判断付出昂贵的代价。

由于罗马人的疏忽，命运向汉尼拔微笑了。由于他的身世、他的威望和他的能力，汉尼拔成了迦太基军队的统帅。在得到任命之后，汉尼拔立刻开始了战争。那时候罗马的周围世界并不安宁，和马其顿之间的战事一触即发，在罗马人腾出力量派兵到非洲攻击迦太基之前，他可以任意选择发动战争的时间和地点。但他仍然需要一个借口，因为他不愿意公开反对由主和派控制的合法政府而自行宣战。他选择了西班牙东部与罗马结盟的萨贡托作为攻击的第一个地点。罗马人又犯了一个错误，不但疏忽了荣誉，也疏忽了利益，他们先是在萨贡托人长达八个月的顽强抵抗时坐视不救，在萨贡托陷落后却派使者到迦太基要求迦太基人交出他们的军队司令汉尼拔。一个很生动的历史场面是罗马的使者卷起长袍，威胁说这长袍里有战争也有和平，请对手选择。而迦太基人则毫不买账地说把选择权交给罗马。罗马选择了战争，迦太基人接受了。

汉尼拔在西班牙东南部取得了足够的资源和兵力，带着他的九万步兵、一万二千骑兵和三十七头大象的远征军渡过艾布罗河。这在很大程度上是为了造一个浩大的声势。在到达比利牛斯山时，他把部分军队遣返回乡，以便让士兵相信将军对胜利的信心。然后带领精选出的五万步兵和九千骑兵越过比利牛斯山，进入高卢——今天的法国。到了这时候罗马人才第一次明白汉尼拔动向的真正意图，派出军队在罗纳河迎战敌人，企图阻止他们过河进入意大利。但是汉尼拔命令军队以急行军向河的上游抢进，寻找不受攻击的渡河地点。他们在阿维尼翁附近找到了这样的地点，把阻击他们的罗马军队和夹击他们的高卢人都甩在了身后。两千多年后西班牙大画家毕加索有一幅名画就叫《阿维尼翁少女》。这幅立体派的开山之作上的五个裸体女人粗犷豪放得有如强健的男子，充满了汉尼拔大胆向罗马进军时的那种剽悍之气！

翻越阿尔卑斯山和巨鹿之战

汉尼拔率领非洲远征军翻越阿尔卑斯山的壮举是史无前例的。虽然后有来者——拿破仑步他的后尘又来过一次，但那已是两千多年以后的事情了。一个以海军著称的国家在上一次战争被敌人从海上击败了，在这一次战争中，它的统帅率领一支陆军绕了一个大圈子从背后去包抄隔海相望的意大利，这需要大胆的想象力和非凡的魄力才能做得出来。魄力，这是汉尼拔和项羽身上最动人的东西！在还没有打击到敌人之前，先把自己投入极大的困境之中，置之死地而后生，这两位互不相识的将军都深知这一手棋的厉害，并且对自己的所作所为有着绝对的自信。

对阿尔卑斯山的翻越绝不亚于一场严酷的战争。险峻的山势、恶劣的气候、补给的困难和与罗马结盟的山地部族敌人的截击和骚扰，都可能给这支大军造成灭顶之灾。汉尼拔选择的路线是小圣伯纳山口（两千年以后拿破仑走的是大圣伯纳山口），时间是公元前218年。五百二十六英里的路程，三十三天的行军，在攀山渡河、严寒和不断的战斗中他的步兵损失了五分之三，骑兵损失了三分之一，用来威慑敌人的战象也有许多死在阿尔卑斯山脉里。汉尼拔现在只剩下了两万步兵和六千骑兵。军队伤亡过半，但战略目标却已达成。第二次布匿战争的大幕已被汉尼拔的手强行撕开，战争，按照他选择的时间、他选择的地点和他选择的方式开始了，罗马人只能被动应战。战争史上的奇观在意大利半岛上展开，汉尼拔的两万步兵六千骑兵将把有二十八万能持剑执盾的战士的罗马打得一败涂地。

现在我们可以看到汉尼拔在横越阿尔卑斯山时对他的士兵发表的振奋军心的演讲，从这讲演中我们可以清楚地看到他是用一种什么样的气势一次又一次地压倒了罗马——

……士兵们，这里是你们与敌人初遇的地方，在这里，你们若不能取胜，便只能就义成仁。命运之神使你们不得不战，但现在你们倘若得胜，她对你们的犒劳要比人们希望从永生之神那里得到的还要多。哪怕我们凭着勇气，只收复在祖先手里失去的西西里省和撒丁省，这报酬也够丰厚的了；但是，罗马人在多次胜利中向我们索取积聚的一切，连同他们自己，都将归你们所有。为了得到这分丰厚的报酬，快快拿起武器吧，神将赐福给你们！

……士兵们，你们没有一人不亲眼见到我的一切战绩；同样，我也目睹过你们每人勇敢杀敌的英雄气概……我举目四顾，看到的都是勇气百倍、精力充沛的人：身经百战的步兵和各英雄民族组成的骑兵。你们，我们最忠诚果敢的同盟伙伴，还有你们，迦太基人，你们将要怀着义愤为自己的国家而战。我们在战争中是进攻者，将高举军旗向意大利冲杀过去。我们比敌人更大胆无畏，因为进攻者总是比防御者更有信心和勇气。此外，我们所受的苦难、损害和侮辱激起我们胸中的怒

28

火，促使我，你们的主帅，痛惩敌人，也要求你们一起这样做。如果我们不这样做，我们的内心痛楚早就会把我们折磨得苦不堪言。

那最残忍和傲慢的民族把一切视为己有，认为一切都得听他们的主宰。他们认为我们同谁和好同谁开战都理应由他们来做安排。他们以山脉与河流为界把我们围禁封锁起来，但他们却可以随意越出划定的边界。他们说不许跨过伊比利亚；不许碰一下萨贡托，无论东南西北哪个方向，你们都不能越雷池一步！难道夺去我们历史悠久的省份西西里和撒丁是一件小事吗？你们还要把西班牙抓走吧？假如我们从那里撤退，你们是否还要横渡重洋，入侵非洲呢？

我刚才说他们要横渡重洋，是吗？他们今年已经向非洲和西班牙各派了一位执政官。除了靠军队维护还属于我们的地方，再也没有其他土地留给我们了！还有后路的人可能成为懦夫或胆小鬼，他们可以从未被围困的安全途径脱逃，回到接纳他们的家乡与国土。可是，你们必须勇敢作战，因为胜利与死亡之间的一切中间道路都已不可避免地完全堵死，要么夺取胜利，要么不幸战死沙场，也不能在逃跑中被歼杀！假如你们下决心做到上述所说，我重复一遍，你们已经取得胜利了。永生之神从未如此有力地激励人争取胜利！

在楚军对秦军关键性的巨鹿一战之前，项羽也有一段对将士们的演说，那时候他还只是楚军统帅宋义手下的一个次将，演说词也没有汉尼拔这样滔滔不绝的雄辩，但却有理、有力、有节——

当务之急是合力攻秦，但我们却久久按兵不动。年成不好，百姓穷困，士兵都吃芋头和豆子，军中没有半点儿存粮，而宋义还在那里饮酒空谈大会宾客，不肯引兵渡河，不去从赵国取得粮食，不去和赵国合力攻秦，却说什么等秦军疲惫，秦军那么强盛，攻击新败的赵军，由情势上看来必定破赵无疑。击破了赵军秦军只会更强，哪里会有所谓秦军疲惫的机会可以让我们来乘？并且我们楚军刚刚失败，楚怀王坐不安席，把境内全部兵力都交到上将军一人之手，国家的安危在此一举。而现在的这位上将军却置国家于不顾，视兵士而不恤，假公济私，竟派自己的儿子到齐国去当相，这哪里是能够安定社稷为国效忠的臣子！

当时的情势是：章邯击破项梁后，起义军元气大伤，各路出击的楚军纷纷被迫东撤。章邯认为项梁既死，楚军已不足忧，便调集大军渡过黄河进攻赵国大破赵军。赵国军队退入巨鹿，秦军把赵军团团围困在巨鹿城中，如无援军，围城必破无疑。在章邯的巨鳌下没有受到秦军毁灭性打击的起义军只有赵军这一支了，赵军一旦被灭，秦军将再无后顾之忧，长驱齐楚，起义之火将被各个扑灭，反秦战争已到了生死悬于一线的危急时刻。而号称卿子冠军的宋义到了与巨鹿一河之隔的安阳却按兵不动，说要坐观秦赵相斗的最后结局。说来难以相信，当时那么多起义军的首领竟都是一些鼠目寸光而又各怀鬼胎的人。就在这种情况下，项羽向天寒大雨中又冷又饿的兵士们发表了他的演说。说完之后，便提剑进帐割下了宋义的头，把上将军的印符抓在了自己手里。

如果没有章邯，那么秦王朝的覆灭就不会延至公元前206年的冬天，而是早在公元前208年冬天就被农民大起义的第一次浪潮冲垮了。

原来只是在宫廷中担任管理财物官职的少府章邯在国家危难之际显示出了非凡的军事才能，他的这种才能使风雨飘摇的秦王朝又苟延残喘了整整两年，并差一点就扫平了已经被众多的起义者们掀起来的半壁江山。

作为一个现代人，要详细而准确地描述公元前206年的那场战争是相当困难的。首先在于资料的贫乏。有关当时状况的所有史料几乎都出自太史公的记载，而太史公关注的是人物的性格和命运，对战争势态的描写却太简略了；我们只能随着他的笔锋粗粗地掠过那段历史。如果要对着他写到的那些地名到地图上去用不同颜色的箭头重演那场战争，就会碰到许多疑问，有些军事行动似乎是不太合乎常理的。这其间很大的一个问题可能在于黄河的改道和地名的移动，许多从古代沿用到今天的地名也许并不在我们认为的那个位置上；而两千多年时间里黄河的数次改道，也许早已涂改掉了当年的古战场。但是认真地思考一下，从他粗率的记录中我们还是可以大致看清战争的走向，和军队统帅的作为。

无论如何，秦国大将章邯是那个时代最为出色的战略家。他在都城咸阳就要被攻破的情况下临危受命，用临时招集起的军队在最后一道防线上击败了长驱直入的起义军周文。然后率军杀出函谷关，在运动中一路转战，把对秦王朝具有威胁的各路起义军一一击破。在遇到真正具有实力的对手项梁时，他先是冷静地观察，然后是有意识地退让，欲擒故纵，诱敌深入，选择了定陶作为捕捉敌人的陷阱，当对手正在为胜利而陶醉的时候，他以迅雷不及掩耳之势猛扑回来将其消灭。在消灭了项梁率领的楚军主力之后，他既没有去迎击闻讯赶来救援的楚军，也没有趁势向楚国的纵深征伐，而是立即渡过黄河挥军北上，扑向已经形成反秦割据，正在努力扩大地盘的赵国。

他的挥军北上渡河伐赵，在战略上可以说是非常漂亮的一笔。

但是过于漂亮的也很可能就是败笔。

31

作为一个统帅，章邯对巨鹿的围而不打，是出于战略上的考虑。他精心设计了一个可以一战而消灭所有叛军的宏伟构想，并且努力地去实现它。巨鹿是一根钉在他这个战略构想中心的铁钉，他不想马上就拔掉它，而是要把它当成一个诱饵，用它的存在来诱使各起义国的兵力都集中到这块大平原上来。他已经在运动战中一次又一次地击败过他们，他想以他已经集中起来的三十万兵力，也是秦国最后能够倚重的兵力，在这块以巨鹿城为中心的广阔阵地上和他们来一次大决战，他想奋其全力把这些散落在各处的乌合之众聚而歼之，用一次空前绝后的大胜利来彻底地解除大秦帝国的后患！

章邯把他的三十万大军分成四个部分，王离、苏角、涉间各领七八万军队在巨鹿的西南、西北和东北扎营，构筑壁垒。自己率领七八万人驻扎在巨鹿东南靠近卫河的棘原，监督甬道的修筑和粮食军需的输送。他知道粮食和物资对于战争的重要，战争的胜负固然取决于将军的指挥果断和士兵的勇敢善战，可有时候也在于一方正饿着肚子而另一方已经吃饱；一方刚刚睡醒精神焕发而另一方正长途跋涉疲惫不堪。因为有甬道输粟，他有足够的粮食可以支撑，彻底平定叛乱只是一个时间问题。他完全摆出一副以逸待劳的姿态，等着一条又一条大鱼向巨鹿这个诱饵游来。

因为章邯大胆的战略构想，巨鹿城从被围的开始就成了一块巨大的磁铁，把天下几乎所有的兵器都吸引到了它的周围。

一场历史上最为惊心动魄的战争就要在巨鹿展开了。

不久以后，接到赵国告急文书的各起义国都对巨鹿的被围做出了强烈的反应，他们感到了唇亡齿寒的巨大危险。一旦目前最具实力的赵国被灭，他们被强秦各个击破的日子也就不远了。于是如章邯所料，他们都向巨鹿派出了援兵。但是这些援军首先考虑的是自己的生死存亡。都在秦军外围他们认为比较安全的距离上，互相依靠着扎下营寨，修筑防御的壁垒。一旦遭到秦军的攻击，也可以彼此支援，不至于被秦军挨个吃掉。但是没有一支援军敢贸然向强大的围城之军发动攻击，也没有一个将领能够统筹指挥各路救援赵国的部队。这些赶来的援军都面临一个十分尴尬的处境，从军事实力上考虑，他们没有胆量打，也没有力量打；从政治联盟的利害关系上考虑，他们不能退，也不敢轻易退。章邯也严格地控制着秦军绝不主动去袭扰这些赶来救援的各路军队。于是战争在这里形成了一个非常微妙的局面：被困在城中的赵军，包围着巨鹿城的秦军，和赶来救援的各国援军，彼此遥相对峙；旌旗在望，鼓角相闻，在紧张的战争状态中却暂时相安无事。

大家都在等。等最后一支军队的到来。

从晋地流出，有着清浊两源的漳河，自西向东，在巨鹿城南面流过，在巨鹿的东南方向汇入卫河。秦军的大本营，就设在漳河与卫河汇合处的棘原。从这里开始，章邯修筑了从卫河一直通到三座围城营垒的运粮甬道。

章邯在大本营中一直密切注意着楚军的动向。他似乎在和宋义比耐心，只要楚军不进入他预想中的战场，他绝不发出总攻的命令。楚军的迟疑不前更加坚定了他要在巨鹿一战而扫平天下反秦力量的决心。他要等这最后一条大鱼游进来了再奋力撒开他的扑杀之网。

章邯的作战计划是这样制订的：当楚军渡过漳河进入巨鹿战场的纵深位置时，以苏角、涉间、王离的三支大军分三个波次相继向楚军进行攻击，挫折楚军的锐气，消耗楚军的兵力。每一支军队都不需要拼力死战，只要每一个攻击波能拼掉楚军三分之一的兵力，那么敌人再强有力的攻势也已成了强弩之末，这时候的楚军必然已遭受重创，损兵折将并且疲惫不堪了。当他们无法再向前进攻只能向来的方向撤回漳河南岸时，才发现章邯率领的另一支大军已经顺着漳河而下，在他们渡过漳河的地方截断了他们的退路，楚军将被秦军上下夹击于巨鹿和漳河之间的地带，或者战死，或者投降，除此以外别无出路。

章邯稳稳扼守在漳河汇入卫河的那个地方，他派有专门的士兵观察从漳河上游是否有什么东西流下来。他相信只要一支大军在上游渡河了，就必然会有东西顺着河水漂下来，比如衣甲的碎片、脱落的绳索、喂马的草料、断掉的橹桨、被吹到河里的旗帜，甚至还可能有不慎溺死的士兵，等等，只要发现了这些东西，也就是秦军进入战斗状态的信号。一切都安排好了，一切都计算好了。有一点却是章邯没有料到的，从上游漂下来的东西，他知道楚军已经开始渡河，但是他不知道这时候楚军的统帅已经不是宋义，而是项羽。他绝对想不到同一支军队在不同统帅的指挥下会创造出怎样的奇迹。

对于打仗，项羽从来没有胆怯的时候，他从来都认为自己是天下最出色的军人，并且他相信，只有不怕死的人才能赢得胜利。但他知道战争毕竟不是一个只要胆大和力气大就一定可以赢的游戏，战争更像一个赌注，需要运道，需要技巧，更需要敢于把荣誉和生命，把所拥有的一切统统押上去的决心。赢就赢个痛快，输就输个彻底，想赢而又怕输的人是当不了赌徒的，就像害怕死亡的人不配当军人。但是对于面前的这场战争，他绝不敢掉以轻心。他知道自己手上的这七万军队已经是楚国最后的本钱，而章邯的三十万军队也是秦国最后可以倚重的力量。以一般人的眼光来看，拿七万去对付三十万，在兵力对比上实在太悬殊了。项羽却有他的想法：用七万去打三十万看起来是一种自寻死路的愚人之举，但是秦军有固定的营垒需要守卫，不可能倾巢而出投入战斗；相反楚军却可以在巨鹿周围的这片原野上大开大合地纵横驰骋，享有运动中作战的充分自由。况且还有驻扎在滏阳河北面的十万诸侯军和被围在巨

34

鹿城中的五万赵军可以作为对三十万秦军的一种牵制。秦军虽占有极大的优势，但却是一种有隙可乘的并不牢固的优势。秦军虽然有好几只拳头，但它有所顾忌，不能够伸缩自如地挥动。楚军虽然只有一只拳头，这只拳头却可以比敌人的拳头握得更紧，挥得更猛，打击得更有力。只要敌人拳头不能够同时打过来，它就完全有可能把敌人依次打垮。

项羽想起了一句话：孤注一掷！他需要有一个非常强烈的动作把这颗决定性的骰子掷出去。他需要一种力量和热情最大限度地激发出他的士兵们的力量和勇气，他需要他的士兵们能够和他同生共死，能够像他一样地孤注一掷！

项羽引兵渡过漳河之后，他下了一道令人吃惊的命令：把所有的船只都砸破沉入水中；把所有做饭用的锅都敲碎，只保留三天的干粮，以这种决绝的行动向士兵们表示不胜即死的决心：除了胜利，别无退路！中国的历史上从此出现了一句决然而然的成语：破釜沉舟。

于是向南方弯成弧形的漳河成了一张被楚军拉开的巨大的弓，搭在这张弓上的几万支箭在一个早上对准巨鹿猛射了过去。

当章邯按着他的作战计划沿漳河而上，在河边看到那些破釜、那些沉船，看到那一片极其残破却又极其壮观的景象时，他才发现自己错了。他在设计这场巨鹿战役时最为重要的一点就是如何截断敌人的退路，而楚军根本就没有为自己留退路。

项羽的这个史无前例的举动比汉尼拔的那个史无前例的举动在时间上晚了十二年。

汉尼拔和项羽都不会知道对方是何许人也，但在大陆的两端两个领导着战争的年轻统帅却做出了有着异曲同工之妙的战争举措，不能不说是无独有偶。或许在冥冥之中真有一位战神用他的智慧之光在照耀着他在东方和西方的宠儿。

巨鹿之战是反秦战争中具有转折意义的一战，这一战消灭了秦军的主力，从此秦王朝一蹶不振，再也组织不起任何战略性的反击，战争的大势已定。秦王朝的内部矛盾也因此而激化，很快陷于土崩瓦解。项羽的军人素质在这场大战中起了决定性的作用，他以勇敢果决、一往无前的英雄气概一举扭转战局，成为反秦战争中当之无愧的统帅。

翻越了阿尔卑斯山的迦太基军队出乎意料地出现在意大利这只靴子膝盖部位的波河平原，扼住波河这条膝盖上的血管，立刻使全盘形势发生转变，破坏了罗马的战争计划。罗马的两支足以和汉尼拔抗衡的主力军一支正在西班牙卷入战争，而另一支正在派往非洲的途中，他们没有料到敌人会从这个方向进攻。在埃布罗河阻挡敌人没有成功的罗马执政官西庇阿从现在的法国马赛一带返回意大利时，罗马人才知道非洲的狮子已经闯到欧洲老狼的地盘上来了，而在这之前他们曾认为阿尔卑斯山就足以为他们挡住敌人。西庇阿受命率军前往波河河谷迎击入侵者，与迦太基骑兵相遇，两军都由他们的统帅带领。汉尼拔叫战，西庇阿应战。罗马骑兵前的轻装步兵在迦太基的重骑兵冲击下溃散；迦太基的重骑兵与罗马骑兵激战时，汉尼拔的轻骑兵放下溃散的罗马步兵攻击罗马骑兵的侧翼和背后，胜负由此决定。罗马人损失惨重，身先士卒的执政官西庇阿身负重伤，多亏他十七岁的儿子小西庇阿冲入敌阵冒死相救才保住性命。狼的牙齿尝到了狮子爪子的厉害。

西庇阿立即改变策略，迅速渡回波河右岸并拆毁桥梁。汉尼拔则从波河上游用船渡河，几天之后又在岸边平原上与罗马军队对峙了。西庇阿退出平原在特里比亚扎营防守。他选的这个位置相当稳固，左翼依亚平宁山，右翼靠波河和普拉辛西亚要塞，前方是水势正猛的特里比亚河，他在这里制止了汉尼拔的进攻并等待援军到达此地。现在罗马在这里有四万人马，只要稳稳地固守在此就足以让汉尼拔面临两难选择：不是冒险在冬季渡河就是被迫进入冬营。但是因为西庇阿受伤而接任执政官的台比留却因求功心切而不想把胜利的果实拱手让给下一任执政官去摘取。知己知彼的汉尼拔成功地诱使台比留用骑兵开战并故意让他的对手小小地尝了一下胜利的滋味。在大雨滂沱中迦太基人先是全面进攻然后逐渐撤退，罗马人急切追赶到河水暴涨的特里比亚河中，突然敌人不再后撤，罗马的前锋发现汉尼拔已在他早已选择好的战场上严阵以待。为了抢救前锋部队不至于全军覆没，饥饿、疲乏而寒冷的罗马后援赶到，仓促布阵。在迦太基人象队和骑兵的冲击下，罗马两翼的骑兵溃散了。但罗马的步兵却在骑兵溃退时仍能顽强地坚守阵地，显示了罗马军团的战斗实力。这时一支精选的半为骑兵半为步兵的迦太基军预备队在汉尼拔的弟弟马果的率领下突然从罗马人背后的埋伏地点杀出，直扑战阵。罗马人可以呼应的左右两翼被从中间撕破，但是仍有一万罗马步兵以密集的队形从迦太基人的军阵中斜向强行通过，给迦太基人造成重大伤亡。而其他罗马部队则在企图渡河时被敌人的象队和轻装部队所消灭。在这一战中罗马的步兵赢得了荣誉，罗马的指挥官得到的却是耻辱。迦太基人也为获胜付出了相当的代价：因为冷雨许多精壮的战士死于疾病，而初立战功的大象也死亡殆尽。

汉尼拔为了部队的健康，不敢再冒着寒冷与潮湿作战，就地扎营越冬。但他却利用这个冬季组织高卢地区反对罗马人的同盟者，得到了由塞尔特人加入的六万步兵和四千骑兵，他的冬天没有白过。

罗马新当选的两名执政官盖阿斯和奈阿斯各领一支大军守住由罗马通向北方的两条大路，准备等季节好转后和其他罗马军队在西庇阿曾挡住汉尼拔的普拉辛西亚要塞会师，然后采取攻势进入波河河谷。

但汉尼拔比罗马人更了解罗马人，他知道尽管特里西比亚之战赢得很出色，但只要在意大利本土作战，他就将处于难以摆脱的劣势，他只能用一个又一个的胜利去震撼罗马人并企图最后完全征服那座高傲的城市。他知道罗马人在意大利所建立的政治与军事的联盟远比迦太基人的要强大和稳固，他的远征军能够从祖国得到的援助不但不充分而且随时都可能断绝。他还知道他的军队虽然在他的指挥下连连击败罗马人，但他步兵的战术和战斗能力都比不过罗马的军团，他已经从西庇阿的防御阵势和特里比亚罗马步兵漂亮的撤退看出了这一点。基于这种认识，汉尼拔决定了他在意大利战争的战略思想——不断地改变战争的地点和计划，这场战争的主要目的是取得政治上的成果而不是单纯的军事上的成功，他必须通过这场战争瓦解敌人的联邦。一头闯到狼群里的狮子的劣势是不言自明的，但他却有一个唯一的优势，就是他的军事天才，用变幻莫测的行动使敌人疲于奔命。一旦他不能再调动敌人，他失败的时候也就到了。以后的事实正如他的预感，在战场上他是无敌统帅，但他每一次击败的都只是罗马的将军而不是罗马，正如他高高地凌驾于罗马所有的将军之上，每一次战争之后，罗马城仍然高高地屹立在他力所不及的地方。

　　汉尼拔放弃了他在波河流域占领的地方，把战场向意大利中部推进。和战争攻势同时进行的还有政治的攻势。出发之前，他下令把所有俘虏带到面前，是罗马人的给戴上锁链，而其他意大利盟邦的被俘者则不需要赎金就给予释放，但要他们回去传达他的意思：迦太基人来攻打的是罗马，而不是意大利。冬季结束时，他率军穿过了亚平宁山脉，出现在罗马执政官盖阿斯·弗拉米尼乌斯面前。

　　盖阿斯自认为是个军事天才，当时的罗马人也这么认为，他们觉得要想让汉尼拔尽快完蛋的唯一办法就是让这个了不起的人来当军队的统帅。因为盖阿斯以前的战功，罗马人认为在他的指挥下战争必胜无疑，以至于许多渴望乘机分取战利品的平民也踊跃执戈上阵。而汉尼拔却从盖阿斯的军团边上擦过，把这些临阵磨枪的乌合之众打了个稀里哗啦。并传过话来说，他认为这位执政官在另一支罗马大军到来之前绝不敢越出雷池一步。汉尼拔的激将法成功了，盖阿斯决心充分施展自己的军事天才，给入侵者以致命的一击。当汉尼拔大摇大摆地开向佩鲁贾时，盖阿斯率军急起直追，当他追到时，汉尼拔已从容地在他选择好的战场上摆好了阵势——一条在陡峭山壁间的通道，它的出口已被封死，而进口处是特拉西梅诺湖。罗马大军在浓雾中进入山道，当晨雾散去，他们才看见了两边山崖上林立的敌军，战斗的开始就是溃败的开始。还没有进入山谷的罗马部队被骑兵尽情地驱赶进特拉西梅诺湖。罗马统帅和他的士兵们一起被砍倒在他们自以为已胜利在握的地方。三万罗马部队全军覆没，而汉尼拔只损失了一千五百人。现在汉尼拔可以长驱直入进攻罗马了。

坎尼与垓下：顶峰和末路

巨鹿之战，项羽大破秦军主力。当他彻底扫平了敌人可以进入秦国的都城咸阳时，刘邦率领的另一支队伍却避实就虚捷足先登。于是有了在函谷关前刘邦对项羽的阻挡，有了项羽差一点要杀掉刘邦的鸿门宴，有了火烧阿房宫，有了分封诸侯等一系列故事。对中国的读者重复这些故事已没有必要，关于对它们的评价，可以放到后面去说，还是让我们继续关注罗马。

罗马人做了最坏的准备，他们拆除了台伯河上的桥梁，筑固城墙，调动军队，准备对付迦太基人的攻城。但汉尼拔那时候没有拿破仑的大炮，他不打算用自己士兵的身躯去和坚固的城墙相撞。他如入无人之境一般在罗马的心脏地带杀来赶去，然后扎营在亚德里亚海边养精蓄锐，让罗马人处于随时准备敌人攻城的紧张状态。但是汉尼拔希望罗马的意大利同盟崩溃的目的却没有达到，以拉丁区为中心的意大利社团中没有一个背弃罗马跟迦太基结盟。他成功地击败了敌人的军队，却无法拆散敌人赖以生存的链条。

这时候，另一个著名的人物，昆塔斯·费边，出场了。罗马人尝到了贸然出战的苦头，指派盖阿斯的政敌费边来担任独裁者，既然一种办法救不了国家，只好使用与此相反的另一种办法。此后罗马人在速胜论和持久战的选择中摇摆，每改变一次选择都让他们吃足了苦头。费边是个性格坚毅深思熟虑的老人，但他的这个特点却被不少罗马人认为他做事拖延而顽固，于是他的名字成了拖延的代名词。但正是他的拖延拯救了罗马，正像后来库图佐夫的退避拯救了俄国一样，西方战事也常常印证着中国人以柔克刚的道理。他的前任下决心不论代价如何一定要拼个你死我活，而费边坚定不移的信心是要和敌人一磨到底。他知道敌军的生存必须依赖于征收给养，而这种征收的行动完全可以由坚壁清野和游击战来削弱。他给军队定的原则是绝不和汉尼拔进行正面的接触，而只是紧紧地尾随着敌人。于是他的士兵们便只好手执武器眼睁睁地看着敌人在他们的面前蹂躏着罗马最富饶的软腹坎帕尼亚。

血气方刚的罗马人终于忍受不了这位迟缓木讷的老东西了。在这位独裁者因为政治事务暂回罗马时，他手下的骑兵统领米努齐乌斯违背他的战略原则主动出击，居然也取得了一点小小的战果。连遭失败的罗马人太需要胜利了，于是费边遭受猛烈抨击，被人们讽刺为"汉尼拔的跟班"，而米努齐乌斯一时间成了众望所归的人。一点微不足道的胜利便冲昏了罗马人的头脑，元老院达成了一个荒谬的决议：在费边任期届满之前，让年轻的米努齐乌斯和老费边共同成为独裁者。他们忘了之所以要设置独裁者一职，就是为了要在国家危难之际独自裁决，以避免互相扯皮所带来的恶果。罗马需要能够出战的英雄，一俟费边所任期满，便让叫得最响的瓦罗取代了他。

罗马的领袖们重新调集各路大军于坎尼平原，企图倾其全力一举消灭汉尼拔。他们的巨大厄运又一次降临了。

费边的下野给了汉尼拔一个极好的机会，虽然他只有四万步兵一万骑兵而罗马人调集的大军有八万步兵和六千骑兵，几乎比他多了一倍，但他却比罗马人更渴望有对阵作战的机会。因为他的指挥艺术足以削平敌军数量上的优势，而宽阔的平原地带可以使他充分发挥他骑兵的优势。在罗马几支大军的统帅中，只有鲍路斯看出了敌军的优势，认为应该暂时按兵不动。但他的举动却遭到了瓦罗等的嘲笑，他们说到战场上是来挥刀的而不是来放哨的，他们忘记了只有像费边那样谨慎地放哨才能不被敌人更为锋利的战刀砍倒。

费边这时虽然明白罗马正面临着一次更为惨重的失败，但他已经无法挽狂澜于即倒。丹麦作家卡埃·蒙克在他的《坎尼战役前夜》一剧中安排了一次费边和汉尼拔的会面。这两位历史人物是否会过面无从可考，但有一点可以肯定的是，一个伟大的将军可以对成为他的祖国世敌的那个国家满怀仇恨，却完全可以对堪称他对手的敌方将领充满理解和尊敬。他们之所以进行战争并不是由于他们生性残酷，而是因为使命感使他们不得不如此。人类或许可以完全摒弃战争这种东西，但那不是在古代，也不是在现代，而是在也许仍然十分遥远的未来。如果费边和汉尼拔真的有可能在坎尼之战前夜会面的话，那么下面的对话也是完全有可能并且也足以让旁听者信服的——

汉尼拔　我欢迎罗马司令到腓尼基人的营地里来。

费　边　我是前司令。现在是鲍路斯和瓦罗在负主要责任了，如果他们干得好的话。不过，要是干得不好，那就……

汉尼拔　那么是谁派你来的，费边·马克西姆斯？

费　边　派？我是派来的吗？我是否可以说是上帝？或者说是出于自己的本能？我不是现任的罗马执政官派来的，如果他们知道他们将会大发雷霆。我是自己要来的，长期以来我的愿望之一就是同你这位给我们罗马人带来所有这些灾难的人见见面。

汉尼拔　我曾经多次设法同你见面，可是每次你总是避开我，这不是我的过错。

费　边　这正是我所想达到的目的。

汉尼拔　是的，费边，在对付我这一点上，你是成功了，那就是你每次都成功地跑掉了。但是你没有使你的人民满意，他们说你是一个延误战机的人，罢了你的官。

费　边　尽管如此，我可是在这场战争中唯一没有吃过败仗的司令。

汉尼拔　但你要记住，罗马人是自豪而勇敢的人，他们不习惯于只满足不吃败仗，他们习惯于取得胜利，越多越好。瓦罗和鲍路斯这两位先生准备什么时候进攻我？还是放弃了进攻的念头？

费　边　我们有八万军队，武器精良，身体健壮，情绪昂扬。部队里还有一百位元老院议员，士气高昂得很！

汉尼拔　那么你的意思就是说这次要打败我了，你到这里来是要善意地劝告我放弃战斗而逃跑吗？

费　边　你把我看成是一个老糊涂虫，你对了，我正是这样的一个人，在罗马他们也这样看待我。但是，你汉尼拔，你是一个天才，我们大家都公认这点。感谢朱庇特，你没有出生在罗马。对一

42

个国家来说，最糟糕的是有一个天才！天才总认为他可以战胜像我这样的白痴对手，可他永远办不到。这也正是你为什么注定要失败的原因。

汉尼拔　你到这里来为的是愚弄我吗？

费　边　你到底想要干什么？毁灭罗马？那好，罗马想干什么呢？毁灭迦太基？很好。但是请看，我——我在想什么呢？我认为把罗马或迦太基毁掉都是没有用的。我是一个老人，我有五个子女，十三个孙子外孙，我喜欢看他们玩耍，我想罗马的孩子和迦太基的孩子的玩法差不多。另外罗马要做生意，迦太基也要做生意，我更愿意同一个城市做生意而不是同一堆瓦砾打交道，你认为怎样？

汉尼拔　你的论点我不感兴趣，我没结过婚，既没有孩子也没有孙子；我也不是商人。

费　边　但你曾经是一个孩子，而且肯定玩过。汉尼拔，让我们两支军队停战，各自撤回去吧，让我们各自回到自己的城市，并且宣告：我们都要和平……

汉尼拔　这种和平能持续多久？

费　边　任何和平都不是永久的，但是要能持续一天，就是赢得了一份幸福。

汉尼拔　一只狼竟会变得如此温顺，变成了绵羊？罗马求和了！几个世纪以来，你们一直浴血前进，所到之处田野被毁坏，城市被烧毁……你刚才问过我，我童年时有没有玩过，我玩过，我在你们破坏过的瓦砾堆上玩过。我父亲把我从母亲的怀抱里带到了战场，那时我只有九岁，就在冒烟的废墟上爬，并且用小手堵住你们在我父亲身体上造成的创伤所流出的鲜血，我小时候就

43

是这样玩的！现在你们要和平了……明天我就将冲出营地向你们那八万人进攻，这一仗的结果你能够看到。

费　边　以后又怎么样呢？你将会获得很多战利品，成桶的金子、武器、军用物资……你的骑兵将领将会对你说：再过一个月，你就可以坐在罗马元老院里吃早饭了。

汉尼拔　我的将领说得对，现在通往罗马的道路已经打开了。

费　边　通往罗马的道路是打开了，不过我劝你不要走这条路，因为罗马的城门并没有打开！罗马人将再度任命一位像费边·马克西姆斯这样的老笨蛋，你向他进攻，他就退却；你在另一个地方找到他，他又不光彩地逃跑，就这样重复着。这样你们迦太基人就会问：我们取得的是什么样的胜利？记住，你们的民族缺乏打败仗丢面子时应有的那种古老文明的涵养。而罗马，只知道要坚持下去，正是这点简单的理智使他们成了世界的主人。只要山顶朝上，海洋有水，罗马人就会坚持下去！

　　这一段对话的含义是相当深刻的，它显示了人的性格、民族的性格、矛盾的不可调和性和宿命的力量。

　　在第二天，公元前216年的坎尼之战中，罗马军队上阵的七万六千人中有七万人倒于战场，其中包括执政官鲍路斯、次执政官奈阿斯、军官中的三分之二和八十多名元老院议员。汉尼拔大获全胜，据说从阵亡的罗马将士手上收集到的金戒指就有一斗之多。

　　但是辉煌的顶点也就是暗淡的开始。汉尼拔率领他的大军在罗马纵横捭阖了十七年，从来没有失败过，却也从来没有彻底地击败罗马人。失败已像隐隐的雷声一样在远处滚动了。

失败的阴影也同样开始笼罩在项羽头上。

对于项羽从胜利的顶点走向失败的原因，研究这段历史的人一般认为主要有三点：第一是优柔寡断，没有在鸿门宴上杀掉日后和他争夺天下的对手；第二是没有笼络住人心，把一些本来可以为他所用的人才拱手送给了敌人；第三是他大开历史的倒车，把从秦始皇手中夺过来的一统江山又分封给了各路诸侯。这也正是后人对他的主要批评。

对于项羽在鸿门宴上没有杀掉刘邦以至于养虎遗患，历来史家大都认为是他的优柔寡断所致，其实是项羽并不想杀他，不仅不忍，而且不屑，在杯盘交错之间如杀一头羊一样杀掉曾一同起兵抗秦的盟友，这显然不是大丈夫所为。即便是已经知道这位潜在的对手有谋取天下的野心，即便预料到放虎归山将来会给自己带来极大的麻烦，他也不会那么做。他有他做人的原则，这就是项羽之所以是项羽，他的所作所为都是为了他心目中的那个"义"，只要是他认为"不义"的行为，有利可图他也不会去做。否则，杀一个人绝不需要比杀二十万人更大的决心。

他的没有笼络住人心其实也是和这个"义"字有关。几个因为没有受到他重用而投靠到刘邦营垒中的人，如韩信、陈平，虽然才华出众，但一个曾甘受胯下之辱，一个曾与嫂子私通，在项羽看来人品上有缺陷，不能算是义士。他们都太功利、太实用了，难以同项羽为伍。

同样是为了这个"义"字，项羽竟把已经完全握在自己手中的一统天下又分成了十八份封给了各路诸侯，而那些诸侯们除了为自己称王占地以外，在对秦作战上基本无所作为，只是跟在项羽的背后旁观与起哄而已。项羽实在不是一个政治家，他是一个重义轻利的正人君子，是一个一心想达到他心目中理想世界的古典理想主义者。但他理想中的那个世界在历史上已经成为过去，当不择手段唯利是图的小人们大量地繁殖出来以后，一个重义轻利的君子的世界已经不复存在了。而项羽则成

45

了泱泱大度的古典时代里最后一朵怒放得极其猛烈而绚烂、凋谢得也极其迅速而壮观的昙花。

分封诸侯是项羽走下坡路的开始。虽然他仍然英勇无敌，平息田荣的叛乱后得知刘邦已乘虚而入攻陷了都城彭城，他只带了三万精兵回击就把刘邦的五六十万军马打得一败再败，仅死在濉水中的就有十几万，使濉水为之不流。刘邦落荒而逃，为了轻车自保，竟连儿女也推下车去，妻子老父都成了项羽的俘虏。但富有意味的是，项羽对刘邦的作战和汉尼拔对罗马人的作战的处境相同，他们虽然都百战百胜所向披靡，但形势却越打越困难，地盘也越打越小。罗马人重新采取了费边的策略，以此避免能够让汉尼拔大规模杀伤的机会；而刘邦也避实就虚，靠拖延和骚扰后方来消耗项羽的实力，小心翼翼地等待这头凶猛的狮子落入陷阱。项羽的爆发力和汉尼拔一样出色，但他的耐力却比汉尼拔差了许多。汉尼拔在远离祖国的异地他乡一共作战十七年，如果不是迦太基因为遭到小西庇阿的进攻召他回去，他还将在意大利继续战斗下去。而同样的拉锯战只持续了四年，项羽便不耐烦了，他觉得天下只为了两个人的争雄已受累太久，寻找能和对手决一死战的机会。终于在垓下陷入了十面埋伏。

面对失败，项羽表现了他最后的英雄气概，我们没有看见他对鸿门宴上没有杀掉刘邦、对放走了韩信陈平这样的人才、对不当皇帝而分封诸侯表示一丁点儿后悔，而是决意以一场酣畅淋漓的搏杀来结束自己作为军人的一生，他在霸王的位子上坐得已经太累了。而在最后把头颅送给昔日的朋友以便他能够去论功得赏，是他人生中最精彩的一笔。

一个失败的君主，一个成仁的君子。

李清照写他："生当作人杰，死亦为鬼雄。至今思项羽，不肯过江东。"他为什么不肯过江东呢？江东地有千里，人有百万，他退可以为一方之王，进也可以卷土重来。仅仅是愧对江东父老吗？明明还有生路为什么却要选择死亡呢？

项羽是楚国人，想必知道屈原的死因，那是一种对现实世界的深深的失望，过于高洁的灵魂，是很难在遍地污浊的世界上苟延残喘下去的。项羽在江边自刎不是无力东山再起，而是他深感他的理想已无法达成。项羽的出发点是义而不是利，他失败的根源在于他所崇尚的义与他面临的这个功利的世界格格不入，在人世间充满了太多的唯利是图与背信弃义，他无法适应这种新型的人际关系。项羽的失败是古典理想主义在中国的失败，他死之后，一个实用主义的世界正式开始了。而中国人在春秋战国时代所表现出来的那种自由精神和豪放气质也随着项羽的死趋于式微。

而汉尼拔失败的原因则更简单，仅仅是因为罗马人比迦太基人更顽强，罗马的政治机器比迦太基的更完备，罗马的政治联盟比迦太基的更巩固，尽管汉尼拔个人的天才胜过了任何一个罗马将领。罗马人即使在汉尼拔扫荡着意大利本土的情况下仍然有能力在西班牙，在西西里，在希腊同时作战。终于，汉尼拔的克星出现了，老西庇阿的儿子小西庇阿率领远征军奇袭在西班牙的迦太基人根据地，又使西班牙从迦太基的行省变成了罗马的行省。罗马人没有把最锋利的武器直接用于和汉尼拔的搏杀，而是放到了敌人的后方。虽然汉尼拔曾一度兵临罗马城下，离城墙只有五英里之遥，或许是他知道无法征服这座城市，不久便拔营而去，以致罗马人认为他的撤退是诸神的插手。在汉尼拔距城最近的地方，罗马人以感激之情建立了一座祭坛，纪念那个"扭转并保护"的神。

汉尼拔为什么没有进攻罗马，这是一个历史之谜。当时他在已能看见罗马城的尼俄河畔扎营，罗马陷入空前的惊慌失措之中。他们没有足够的兵力来抵挡这个不可战胜的敌人向他们的进攻，但是他们还是做了在这种形势下所能做的一切——所有能够拿起武器的人都守着城门，老年人登上城墙，女人和儿童运送石头和投石器，而那些在田野里的人们匆忙集合起来走入城内，到处是混乱、悲泣和祈祷。有些清醒的人跑出城外，截断了那座横架在尼俄河上的桥梁。据说汉尼拔曾带着三个士兵绕过河源去偷偷地侦察了罗马城，看到了城里缺少军队和混乱的情况，但是他却放弃了攻城而引兵回援卡普亚，罗马人只能认为是神意使他离开了罗马。日后他也因为这一举动受到了他祖国元老院的指控。

战争的形势发生了变化，轮到罗马人向迦太基本土进攻了，小西庇阿在取得西班牙的胜利之后率军在非洲登陆围攻迦太基城，迦太基求和，并从罗马召回了汉尼拔。汉尼拔登船返国使罗马人大松了一口气，因为这只来自非洲的狮子到现在为止还没有人能够强迫他离开，他终于自动把背朝着意大利的土地了。罗马元老院和自由民把一顶桂冠戴在了老费边的头上，这位年近九十的老者是罗马有功于国家的将军中仍然健在的唯一的一个人。与此同时少小离家的汉尼拔终于在阔别多年之后回到了自己的祖国。他从东而来，又向西而去，绕着迦太基海画下了一个胜利的大圈子，为了祖国他使出了所有的智慧和力量，但他取得的所有胜利却没能挽救他的国家不遭受衰落的命运。他接受了祖国对他的命令和命运对他的安排。

公元前202年，在迦太基城背后的扎马，两位伟大的统帅相遇了。像汉尼拔当年一样年轻的小西庇阿是一张新拉开的强弓，而汉尼拔的剑已在长达十七年的意大利战争中被罗马人的生命磨钝了；十四年前坎尼的败军终于在扎马向他们的征服者复了仇，而所向无敌的汉尼拔平生第一次尝到了失败的滋味。但他没有像项羽那样拔剑自刎，而是接受战败的现实，与他的对手在和谈的条件上做着共同的努力：使胜利者的复仇有合理的界限，使失败者的顽固与不理智也适可而止。这两个伟大敌人的高贵心灵和政治家的风度在小西庇阿不过分利用胜利以逞凶行暴上表现无遗，在汉尼拔大度地接受不可避免的事物上也同样令人敬佩。站在各自国家的背景上，他们是敌人；而在使命面前，他们却是心灵能够沟通的同一类人。

汉尼拔和项羽的命运太像了。他的全部生活，从幼年的第一次宣誓直到像日薄西山的太阳一样退出历史舞台，只渗透着一种感情一种想法：就是和罗马为敌。但是汉尼拔注定要在和命运的无望斗争中倒下去。他没有受过一次失败而被罗马人最终赶出了意大利半岛，敌人让他不能整顿自己的国家以便重新站起来和罗马人争雄。他曾想把一切反罗马的力量团结起来共同对付罗马，但是他的伟大计划失败了。他本人也在斗争中变得疲惫不堪。他是逆历史走向而动的军事天才，无论他多么有力，也无法把历史的进程倒转过来，他做的事是注定做不成的事。把地中海周围的奴隶制度统一起来并把它发展到最高和最后阶段的集大成者是统一了意大利的罗马人的历史使命，古代世界的其他任何国家都没有比它更有利的条件。汉尼拔大胆的天才想使世界走另一条路，但是要创造另一个样子的世界，他的力量只差那么一点点，就是这么一点点注定了他一片辉煌后的黯然失败。他竭尽了一个天才的一切力量来对抗一种世界的走向，在他身后，除了数千年光荣的回忆以外，什么也没有留下。

但是谁又能说这种没有成功的光荣回忆不也是这个世界的一种财富呢？没有汉尼拔和项羽，我们回顾这个世界的历史的时候会感到多么的乏味！

现在，在大陆两端先后爆发的两场由英雄推动的战争同时结束了。罗马人不但顶住了最强悍的敌人的攻击，制服了他们最危险的对手，而

49

且扩大了属于自己的世界。同在公元前202年，在秦王朝短暂的统一被打破之后，被项羽封为汉王的刘邦再度统一了中国，定都秦国的故都长安，国号为汉。

第三章　政　治

勇士和谋士

毫无疑问，项羽和汉尼拔是他们那个时代最勇敢的人。他们的勇敢除了他们的本性，肯定也来自前人的榜样，来自他们之前时代的勇敢者的故事。

很久以来，我一直想为春秋战国时期的那些刺客们写点什么。

现在的刺客，在警匪片里叫杀手；在政治上叫恐怖主义者，是一些很让人反感的冷血动物。而古代的那些刺客们则不同，他们满腔热血，满脑子道义，满身勇敢。读到他们的事迹时，你会不由得激动，你之所以激动，或许是因为你的血液里还残留有他们的一丁点儿血脉。

我们今天所知道的关于古代刺客们的故事大部分来源于司马迁的《刺客列传》，他破例地把这些被官方认为入不了大雅之堂的汉子们写进了他的史书，想必他们的故事深深地打动了他。他写他们或许是要冒险的，但他已无所谓了，因为得罪了皇帝，生殖器都被割掉了，还有什么可怕的？要不是为了写这部书，他是宁愿让人割了脑袋这个老大也不会丢卒保车舍弃老二的。既然要写一部史书，那些血性汉子们的故事怎么能够排斥在书外呢？

春秋战国是令人心仪神往的。在学术上，那是中国历史上最辉煌的时代；在人格上，是中国历史上最健全的时代。那时候人们的血性比以后任何时代的人都要充沛；那时候人的肉体里充满的是一种高尚的精神而不是欲望和恐惧，而后来的人们不是被欲望撑破了就是被恐惧压垮了。那时候人们的生存状态是自由而鲜活的，虽然死亡也在很近处窥视着，但他们并不把死亡当作一回事。

他们珍视生命到了无视生命的程度——那是一种可以抛掷生命的生命意识。

他们更看重的是生命的亮度、响声和色彩，而不是生命的长久。

那是一个重义轻利的时代，一个讲究诚、勇、信的时代。那时的人们害怕耻辱就像现在的人们害怕贫穷和肮脏一样！他们对精神的重视远远超过了对物质的欲望。那时的人们相当单纯，或许在现在的人看来很有些傻头傻脑，但是身心健康，很少有各种各样的心理疾病缠绕着他们。他们在肉体负痛流血时心灵却仍像晴空一样爽朗。"不自由，毋宁死"这一后来由美国人帕特里克·亨利说出的名言在他们身上早已体现得淋漓尽致。

后来中国皇帝阉割了太史公肉体上的子孙根，也阉割了许多中国人精神上的子孙根，有的时候搞得他们的血脉几乎要绝种。但他们强有力的遗传能力要想彻底剪断也并不那么容易。他们这类人的名字叫作：士。

士，这个字的笔画相当简单，但这个词的含义却相当丰富。它最初的意义有这么几种：

一为——男子能任事者。论语曰："士不可以不弘毅，任重而道远"；

一为——"士，通谓丈夫也"；

一为——四民之一：士、农、工、商，是最低级的贵族；

一为——士民：学习道艺者，即古代的知识分子。

在春秋时代，士的最大特征是尚义和勇敢。

太史公的《刺客列传》是一个勇士故事的专集。其中写到的第一个勇士是鲁人曹沫。

鲁庄公好力，曹沫以力事庄公。鲁国与齐国连打了三仗，全都败北，庄公怕了，只好割地求和。齐鲁两国于柯地订立盟约。齐桓公和鲁庄公刚在坛上签完约，曹沫便抢上前去用匕首逼住齐桓公，齐桓公左右的人都不敢动，问他想怎么样？曹沫道："齐强鲁弱，齐国欺负鲁国，也太过分了。鲁国城墙一坏，齐国也不会有什么好事，你好好想一想吧！"齐桓公无奈，答应归还所得到的土地。话一出口，曹沫便放下匕首走下盟坛，朝北站到群臣的行列里，面色不变，语调如常。齐桓公见胸前匕首已经撤去，火气又上来了，想要反悔刚才说过的话，其实他要真的反悔了鲁国也没有办法，曹沫能再闯一次盟坛吗？再闯结果就不一样了。但那时毕竟还是人们都很讲信义的春秋时代，齐相管仲说："不可，为了贪小利而自弃信义于诸侯，便会失道寡助，不如还是还给他们。"于是曹沫领兵挥戈在战场上失去的土地，又被他用小小的匕首要了回来。其实曹沫还算不上是刺客，只不过是临时急了眼孤注一掷罢了。但是他这个行动所达到的效果和他行动时脸不变色心不跳的表现，却给后来的刺客们和选择刺客来解决问题的君王们提供了榜样。

在刺客们的故事中，豫让刺赵襄子这件事值得特别一提，因为被中国人引用了两千多年的那句名言"士为知己者死"，就是出自豫让之口。

豫让曾经臣事范氏和中行氏，没有什么作为也并不知名。后来改换门庭投靠智伯，智伯特别器重他。赵襄子与韩、魏合谋灭了智伯，把他的头颅做成了盛酒的罐子。豫让逃到了山中，叹道："士为知己者死，女为悦己者容。智伯知我，我必为他报仇而死，灵魂才可以无愧啊！"灵魂是否有愧，对那时候的士来说是超过生命存活的大事。于是他改名换姓装扮成一个受过刑的奴隶到宫中去粉刷厕所。赵襄子来拉屎时，忽然感到心惊肉跳，让人抓住那个眼露凶光的粉刷匠一审问，原来是豫让，身上藏着短剑。卫士们要杀了他，赵襄子说："这是个义人啊，放了他吧。智伯死了没有后代，他的臣子想为他复仇这是可以理解的事，我以后躲着他就是了！"赵襄子是很有点儿肚量而且也是很欣赏他的义举的，那时候的人很有君子之风，对有品行的敌人也报有敬爱之心。

过了不久，豫让又涂漆使身上长满恶疮，吞炭使声音变得沙哑，让自己的容貌变得别人不能辨认，在街上行乞，连妻子也不认识他了。但一个挚友却认出了他，流着泪道："你不是豫让吗？以你的才能，委身去侍奉赵襄子为臣，襄子肯定会亲近宠爱你的，那时候你再刺杀他不是易如反掌吗？何苦要把自己搞成这副模样呢？"但是豫让有豫让的道理："既然已经委身当了他的臣子，再去杀他，在道义上就说不过去了。我这样做虽然很麻烦，但就是想树立一个榜样，要让天下后世的人知道做人臣子却心怀不忠是可耻的呀！"

一次赵襄子外出，豫让埋伏在他路经的桥下准备待机行刺。有意思的是不但赵襄子心有灵犀，连他的马也心有灵犀，到了桥边马忽然惊跳了起来，襄子说："这肯定又是豫让要刺杀我。"派卫兵一搜，果然不出所料。这次赵襄子有点儿恼火了，批评豫让道："你不是也臣事过范氏和中行氏吗？智伯把他们灭了，你并没有为他们报仇，反而委身效忠智伯；现在智伯死了，你这样一而再，再而三地要为他报仇，这不是太过分了吗？"于是豫让又讲了一番他的道理，那时候的人是很爱名正言顺地讲道理的："我侍奉范氏和中行氏，他们待我以普通人，我也以普通人的情分报答他们。而智伯却是以国士来待我的，因此我要以国士的身份来报答他。"赵襄子觉得他言之有理，并为之洒了一掬同情之泪："豫子啊，你为智伯尽忠，已经成名了；我对你的宽恕也已仁至义尽了，我不能再放你了，你自己想想该怎么办吧。"

豫让说："听说明主不掩人之美，而忠臣有死名之义。你以前放了我一马，天下人莫不说你贤德；今天之事我固然应该服罪受诛，但还希望你能脱下衣服来让我象征性地刺几下，表示一下我为智伯报仇的心意，这样也就虽死无憾了。当然脱不脱在你，我只是斗胆请求罢了！"赵襄子很为豫让的义气感动，大度地脱下衣服来让他拔剑刺了几下。豫让说："这下我可以报答地下的智伯了。"于是横剑自杀。

在这段故事里，豫让是不是杀了赵襄子对他来说并不重要，重要的是他想定了自己非得为智伯而死，目的是为后世做臣子的立一个榜样。从这个意义上说，豫让还不能算是一个经典的刺客。

有一个没有被太史公写进《刺客列传》的刺客名叫要离。要离身材瘦小，相貌丑陋，力气不大，但是胆量超人。有一次他当众羞辱了著名的勇士椒邱欣，椒邱欣想想气不过，晚上找到他家里来杀他，只见门扉不掩，堂户大开，一个人靠窗懒洋洋地躺在那儿，正是要离。椒邱欣用剑指着要离的颈子说："你有三个该死的理由，你知道吗？"要离说："不知道，你不妨说给我听听。"椒邱欣说："第一，你在大庭广众前羞辱了我；第二，回来还不老老实实把门关起来；第三，见我来了还不赶紧逃命。你自己找死，就别怪我了！"要离说："你有三件丢脸的事你知道吗？我在众人面前揭了你的短，你当时一个屁也没有放，这是其一；晚上悄悄摸到我家里来，入门不咳，登堂无声，想趁我不备杀掉我，这是其二；你把剑尖放在我颈子上才敢说这些大话，这是其三。你不觉得太丢人了吗？"椒邱欣收剑叹道："我的勇已是天下闻名了，要离的勇还在我之上，真是天下的勇士。我若杀了他，岂不是叫天下人笑话；我要不杀他，也难再以勇士而称于天下了！"于是投剑于地，以头碰墙而死。那时候的人真是憨厚，明明是来杀人家的，可是道理讲不过人家，自觉理亏，便可以不杀。觉得丢了人无颜偷生，便会以一死来解决问题。

吴王阖闾搜罗勇士去为他刺杀政敌庆忌以除后患。有人推荐了要离。阖闾见了他道："庆忌矫健勇猛，万夫莫当，你这么瘦小的一个人怎么能杀得了他呢？"要离说："善杀人者，在智不在力，臣能近庆忌，刺之，如割鸡耳。"于是设计让吴王杀了他的妻子，砍了他的右手，然后去投奔庆忌，取得了信任。后人论及此事，认为阖闾杀无辜而求诈谋，残忍之极；而要离与吴王并没有什么恩情，只是贪勇侠之名而残害家身，也实在算不得仁人志士。但是要离刺庆忌的那个场面却是非常精彩：庆忌坐在船头，要离执短矛侍立，忽然江上起了一阵怪风，要离转身立于上风，借风势以矛刺庆忌，矛尖透入心窝，穿出背外。庆忌也是异人，一时不死，倒提要离把他的头放在江水中浸了三次，然后把要离放在膝上看着他笑道："天下居然有你这样的人敢来加害于我？"卫士们执戈要杀了他，庆忌摇手说："这是天下的勇士啊，怎么可以一天之内连杀两个天下勇士呢？"并叮嘱左右："千万别杀他，可以让他回吴国去，以表彰他的忠勇。"说完，把要离推下去，自己拔出矛来，血流如注而死。如此宽宏的气度和大家风范，实在让人心仪不已。呜呼要离，杀的竟是这样一位君子，对仇敌无所恨，视生命无所谓，却充满了爱才之心、怜士之意，对人只重品行，对事只讲道义，也只有春秋战国那样大气的时代才能造就这样大气的人物。

庆忌的部下果真听从其言要放了要离，要离却不肯走，说："我有三不容于世，虽公子有命，我也不敢偷生于世啊！我杀妻子而求事君王，这是不仁；为新主而杀旧主之子，这是不义；为了干成这件事，不惜残身灭家，这是不智。有此三恶，又有何面目站在世上呢？"于是投江自尽。船夫把他捞起来说："你回到吴国，肯定会有爵禄的啊，干吗非要死呢？"要离道："我不爱家室性命，何况爵禄乎！"夺过卫士的佩剑，刎颈而死。他不爱家室性命，也不爱爵禄，说到底只为了求一个名字。这个人虽然无耻，却还知耻；虽然可卑可鄙，却也有其可爱之处。

中国历史上的刺客，最有名的自然是荆轲了，不仅因为他行刺的对象是既残暴凶狠又威名赫赫的秦王嬴政，而且也因为太史公把他的事迹写得最为动人。复述一遍他的早已为人熟知的故事似乎没有必要，但有几个要点值得一提。荆轲的品位和前面提到的那些刺客们明显不同，他是那种把一生的力量都聚集起来准备做一件惊天地而泣鬼神的大事的人物。在此之前则尽可能地磨砺精神，引而不发。荆轲在榆次和盖聂切磋剑术，争论中盖聂发了脾气，拿眼睛瞪了他，他便收敛起锋芒走开了。荆轲在邯郸跟鲁句践下棋赌博，发生了争执，鲁句践火了，骂了他，荆轲并不回嘴，又默默地离开了。他们都不知道他是胸怀大志的人。荆轲刺秦王没有成功，却被秦王拔出剑来砍断了左腿，并且身受八处重伤，他只能靠在铜柱上笑道："事情所以没能成功，只因为是想活捉你，好逼着你退还诸侯们的土地啊！"作为一个刺客，而且行的是正义之举，再也没有比已接近成功却功亏一篑更可惜的了。后来鲁句践听说了这件事，叹道："我也太不了解人了，从前我呵斥他，他自然不以为我是同道了，唉，可惜他不好好研究研究刺剑的技术啊！"

但是另有一个唐雎，面对秦王并没有拔出剑来，却大大煞了一下秦王的威风。他不是刺客，而是一个使者，他的成就却是所有那些刺客都没有能够达到的，可以算是勇士中的高士。秦王想夺取小国安陵，派人去对安陵君说想以五百里地换安陵的五十里。安陵君知道换地是假，夺地是真，派唐雎出使秦国。秦王见唐雎说："寡人愿以五百里地来换安陵，安陵君竟不接受我的好意。秦国已经灭了韩国和魏国，你们那五十里地还留着，只不过因为你们国君是长者，并不是拿不下来呀。现在我以十倍之地来换，安陵君竟逆寡人的好意，未免太不识相了吧？"唐雎说："安陵君的地是守之于先王，他当然应该守住，就是一千里地也不敢换，别说五百里了。"秦王怫然变色，对唐雎道："你听说过天子发怒是什么样子吗？"唐雎说："从没听说过。"秦王曰："天子之怒，伏尸百万，流血千里。"唐雎看着他说："那么大王听说过布衣之士发怒是什么样子吗？"

秦王说："布衣之怒，不过是免冠赤足，以头碰地而已吧。"

唐雎说："你说的那是庸夫之怒，而不是士之怒。士如果必须发怒的话，只需伏尸二人，流血五步，但是却将天下缟素，看来今天就得这样子了！"说罢握剑而起。秦王顿时脸色白了，长跪而揖道："先生坐，先生坐，事情何至于此呢？我明白了，韩魏灭亡了，而安陵只有五十里地却还保存着，完全是因为有先生你呀！"

当然，安陵的存在只是暂时的，终将被强秦吞入虎口。但是却没有听说秦王后来把唐雎怎么样了，毕竟安陵未灭时，他还是一国的来使，杀使者的行为是不光彩的，或许秦王心中对他还是存有一分敬重的吧。

"风萧萧兮易水寒，壮士一去兮不复还！"毕竟身为刺客的勇士们的时代是要结束了。秦王统一天下后，为一个王所求而去刺杀另一个王的匹夫之勇已失去了用武之地。作为士者，不得不另辟蹊径以显示自身的价值。

在一个以农为本的时代，科技显不出耀眼的光辉；在一个统一而专治的天下，百家争鸣的学术自由也已不复存在。于是想当士的人就只剩下了一条路——从政，当幕僚，为帝王谋。

谋士的时代开始了。

谋士在历史上大显身手并左右了天下大局，在楚汉战争中表现得最为充分。

在这场战争中，除了两军统帅鲜明的性格与品格的差异外，最引人注目的一点是谋士所起的作用。有一个普遍的看法是：刘邦因得谋士而得天下，项羽则因失谋士而失去了天下，连刘邦自己也这么认为。刘邦是一个品格相当低下的人，但智商却相当高，而且在很多地方是相当有知人之明和自知之明的。他自己总结他成功的经验道："若论运筹策划于帷帐之中而能决胜于千里之外，朕不如张子房；镇守国家安抚百姓供给粮饷不绝粮道，朕不如萧何；统领百万大军战必胜攻必克，朕不如韩信。此三人都是人中豪杰，朕能用这三个人，就是朕所以取得天下的道理。项羽只有一个范增，却还不能用，这就是他之所以失败的原因。"

的确，几乎每一个重要的决策，刘邦都依赖于他的谋士，如果靠他自己来干的话，他将一事无成。他只善于把握人事，而军事政事，则靠由他把握的那些人来替他完成。这也是一种才华，这种才华对中国后世的统治者们产生了极大的影响。对一些人来说，只有权力是不够的，权力没有智慧，就无法自保；对另一些人来说，只有智慧也是不够的，智慧不依附于权力，便一事无成。

对谋士来说，他所提供的主意再出色，也只是在君主的身边敲边鼓，并且还必须小心翼翼地仰着君主的鼻息。一个古代中国谋士是否能

61

够建功立业，他肚子里有没有货色固然重要，但更为重要的是他和君王的关系，既要做成大事，又要明哲保身，这一点往往成为能否成功的关键。

张良能忍，他把忍字用在了教刘邦如何得天下上，但要做到这一点，他必须首先把这个忍字用于如何与刘邦处好关系，没有这样一种关系，他满肚子谋略将毫无用处。刘邦是一个毛病很多的人，他的流氓性格和无赖脾气一直到他当上了皇帝也没有改得好一点，而且他对有文化的人一向是很不恭敬的。名儒郦食其去拜访他的时候，他连正眼也不抬地让人给他洗脚；他不高兴的时候甚至可以把尿撒在别人的儒冠里。而张良却是一个贵族出身的文化人，很难说他会喜欢刘邦这种下等人的做派，两者之间的关系显然并不很容易相处。张良能够处好，显然要得益于他的忍功，虽然史书上并没有这方面的描写。但张良功成之后不求显贵，辟谷养身闭门不出，愿弃绝人间事，跟从赤松子游仙，这从一方面说固然是他生性淡泊；从另一方面说又何尝不是他已经看透了官场的险恶，深知伴君如伴虎的道理。看一下位极人臣的萧何的活法，就知道要和君王保持一种不近不远的既能受到恩宠又不遭杀身之祸的关系是多么艰难。

萧何是能够慧眼识人的人，当汉高祖还是平民的时候，他就看出了这个乡间痞子的不凡之处，开始了感情的和物质上的投资，常常帮助他，给他种种方便。当了亭长的刘邦有一次要去咸阳办事，同僚官吏都送三百钱给他，萧何却与众不同地送了五百钱。因为这多送的二百钱，在刘邦当上皇帝封赏功臣时特别加封给他二千户食邑。萧何对刘邦是忠心耿耿的，为了这种忠心可以毫不犹豫地出卖朋友，所以韩信才成也萧何败也萧何。即便是有了如此忠心，也仍要竭尽全力才能保持住君王的信任。汉王三年，楚汉两军在京、索两地之间打拉锯战，刘邦屡次派专使回关中慰问这位留守的丞相。有明眼人告诉萧何：汉王整天忙于辛苦作战，却屡次派人来问候你的情况，这是对你有疑心了。替你着想，不如把你能够作战的子孙兄弟都派到汉王军中去作战，这样汉王才会信任你。萧何听从了这个劝告，刘邦也放下了自己的心事。

汉十一年，刘邦领兵外出平叛，吕后和萧何用计在朝中诱杀了韩信。刘邦闻讯后特派使者拜萧何为相国，又加封了五千户，还专门派了五百名士兵供他使用，并有一名都尉负责他的安全。受到如此恩宠人们全都向他道贺，唯有一位前秦朝的东陵侯邵平来向他致哀，说：这并不是喜事的降临而是灾祸的开始。皇上带着军队在外冒矢石之险；你却安守城中动动嘴就建立了功劳。皇上之所以给你加封给你派兵，并不是特别宠爱你，而是对你仍存有疑心，万一有变故时可以监视你、制约你。为你所计，不如辞谢封地，并以全部家财帮助汉王的军队，这样才能化险为夷。萧何又一次听从了劝告，刘邦也又一次放下了心事。

尽管如此，达到了做谋士这一行的最高成就的几个人，像张良、萧何、陈平，几乎都站在汉高祖刘邦的身后，这说明刘邦在用人上确实有他的过人之处。是他们的智慧使刘邦一次又一次起死回生并最终拥有天下，而刘邦也把他们使用得淋漓尽致，难怪后来的君主们对刘邦总有一种叹为观止的感觉。

楚汉之际是谋士们最如鱼得水的时代。在此之前谋士这一行当还没有发展成熟。而在此之后，谋士们的黄金时代便已过去了，随着大一统国家的建立和官僚体制的兴起，谋士这一行业也就渐渐地趋于式微。身份在于谋士和官僚之间的著名人物还有贾谊和晁错。和他们既能做成大事，又懂得明哲保身的先辈相比，他们的才华并不让于张良、萧何，但胸中的城府却浅得多了，于是结局也就大不相同。

贾谊是汉文帝时的人，年纪轻轻就已精通诸子百家，名闻遐迩，二十几岁被文帝召用，立为博士。并越级提拔，一年之内就升擢为太中大夫。在很多方面汉文帝都听从了他的意见，君主的赏识使他一时间成为炙手可热的人物，甚至马上就可以从一介布衣成为公卿。这使得一批老臣如周勃、灌婴等都很不服气，嫉妒和诽谤由是而生。于是天子便疏远了他，不再采纳他的主意，派他去做长沙王的太傅。这并不算太大的打击，却使他从此自哀自怨，心情抑郁。一年多以后，贾谊又被召回京城谒见皇上，汉文帝因为对鬼神之事有所感触，便向他问起鬼神的本质。开始君臣间还有一段距离，谈到半夜，文帝来了兴趣，移动坐席，靠前来听。听完之后发感慨道："许久没和贾生见面了，自以为在学识上已经超过了他，听完了才知道还是不如他。"应该说这个对学问很感兴趣的皇帝还是很可爱的，起码要比他的老子刘邦好处得多。这次谈话之后，文帝又拜他为爱子梁怀王的太傅。这显然是一个转机，虽然贾谊又上了一些疏献了一些策，但汉文帝并没有采纳。几年以后梁怀王骑马不慎摔死，贾谊既为他伤心也为自己伤心，哭了一年多，便也抑郁而死，卒年三十三岁。

这样一位没有成功的谋士让后世文人发了不少感慨，大都是为他没有能够才尽其用而感到惋惜。其中不乏认为皇帝昏庸不会用人，如李商隐的名句："可怜夜半虚前席，不问苍生问鬼神！"其实皇帝如果真对哲学问题感兴趣，问问鬼神又有什么不可以呢？

还有一个智慧和权力没有能够很好地互相利用的例子，那就是汉景帝和晁错。

晁错和贾谊一样，也是以学识得名而受到君王的恩宠，在汉文帝时就已被任命为太子舍人、门大夫和家令，看来汉文帝这个人还是很有爱才之心的。晁错凭着他的辩才，被太子称为"智囊"。他从国家利益考虑，数次上书建议削藩。文帝虽然没有采纳，却激赏他的才能，又升他为中大夫。文帝死后景帝登基，任命他为内史。晁错常常请求单独召见以陈说一些事情，每每被听取，因此而愈加显赫，又升为御史大夫。他的抱负终于可以施展了，削藩的建议在景帝的首肯下变成了行动。但是问题来了，被削的吴、楚七国以清君侧诛杀晁错为名起兵造反。景帝在这阵势面前有点儿慌了手脚，正和晁错在研究该如何应付局面时，有旧臣袁盎求见，说有妙计可以平定叛乱。因为袁盎素与晁错不睦，非要文帝屏退晁错才肯献计，晁错只好退下。其实袁盎的所谓妙计十分简单，认为藩王造反全都是晁错惹的祸，只要皇上尽快杀了晁错来向诸侯谢罪，以吴王为首的七国便会罢兵。景帝思前想后，江山和谋士，自然是自家的江山要紧，沉吟良久后决定牺牲晁错，于是晁错便糊里糊涂地被腰斩了。牺牲了"智囊"以后，叛乱并未平息，只好还是用武力去打。打赢了之后，汉景帝才后悔听信了袁盎的所谓妙计，白白地牺牲了一个不错的谋士。

贾谊和晁错，这是两个有济世之才却没有能够才尽其用的人，让后世文人一提起就唏嘘不已。他们的才华只能够用来整理国事，对付人的本领却差得太远。

袁盎却是一个反例，他于治国之道没有什么本事，但对人情世故却琢磨得透而又透，只凭这一点就可以出将入相了。绛侯周勃当了丞相以后很是志得意满，文帝对他也十分恭敬。袁盎便进谏说："陛下以为绛侯是何等人？"文帝说："是社稷臣。"袁盎说："社稷臣应该是与人主共存亡的人，而吕后夺刘家天下的时候，他主掌兵权却并没有什么作为。只是当吕后崩逝，大臣们共议要恢复汉室，他才刚好碰到成功的机会，所以算不上是社稷臣，只不过是一个功臣而已。现在他对人主有骄矜之意，而陛下对他却过于谦恭了，我觉得陛下完全可以不必这样啊！"这一番话说得皇帝心中很是高兴。而当后来周勃被人诬陷关在狱中时，袁盎却又为他免罪而说话，既赢得了皇帝的赏识，也得到了绛侯的友谊，事情做得滴水不漏。

汉文帝的弟弟淮南王过于骄横，袁盎进谏要皇帝加以约束，皇上没听。后来淮南王涉嫌造反，被皇帝谪迁蜀地。袁盎又进谏说，淮南王性刚易折，万一死在路上，别人会认为天下之大陛下却容不得他，希望从宽发落。皇上也没听。结果淮南王果然死在路上，皇帝闻讯很是伤心。于是袁盎又来为主子排解说："陛下有三样可与古代圣人比美的高尚行为。太后卧病三年的时候，陛下睡不宽衣，食不甘味，凡汤药都亲口尝过，以天子的身份，其孝道早已超过当年的曾参了。诸吕当权，众旧臣合计恢复汉室时，京师有如险不可测的深渊，而陛下从代地乘坐六乘之车奔驰而来，其勇早已超过了古代勇士贲育了。而陛下一再地让天子位，古代的贤人许由只让了一次，陛下却让了五次，超过许由有四次之多啊！再说陛下谪迁淮南王是为了让他劳其心志悔过自新，由于官吏护卫得不好，所以他才病死，这并不是陛下的错啊。只不过淮南王有三个儿子，今后只好仰赖陛下了。"皇帝被宽慰得龙颜大悦，淮南王的三个儿子都被册封为王，袁盎也因此而名重朝廷。诸如此类的事，袁盎做了许多，谁也不得罪，在朝廷与官场复杂的人际关系中如鱼得水。

开国皇帝需要的是能夺取天下的方略，而守国皇帝需要的是宫廷的安稳。无才有识的袁盎杀了有才无识的晁错，这说明谋士的时代真的过去了。一个官僚的时代开始了。

士，在它逐渐演变为谋士之前，它的主要特征是勇。开始时君王看重并借用的主要是他们的勇力，到后来单凭勇力不足以成事了，才发展到借重他们的谋略。一般来说，谋王位，靠勇士；谋天下，靠的则是谋士。对士来说，开始他们对于君主的态度是"士为知己者而死"，后来则变成了士为知遇者而谋。再到后来则变成君要臣怎么样，臣就不得不怎么样。从勇士到谋士再到官宦之仕的发展，士们的地位渐渐高了，一个个位居公卿，锦衣绣袍；身份却低了，再也不敢大大方方不卑不亢地和君主们平起平坐，只能小心谨慎地如临深渊、如履薄冰了。

　　从士到仕，是一个从勇到谋，从力到智，从尚义到食禄，从朋友到仆役，从不卑不亢到低眉折腰，从独立人格到依附生态的发展过程。在这个过程中，皇帝的国家机器从士（仕）这一群人中得到了丰富的智慧；士（仕）们也从国家得到了丰厚的物质报酬，但是他们却失去了独立自尊的精神，失去了他们先辈们的那种自由奔放血气方刚的精神。

　　在中国象棋里，这个士（仕）的位置被安排在了将和帅的身边，而且规定了它的活动范围和将帅一样不能出九宫；一遇危险，便需撑士或落士进行保卫，在两方棋力相当时，多出一个士就足以赢得胜利。可见"士"这种人物是何等被帝王所倚重。将和帅离开了士，几乎就是没有战斗力的废物。而在西方人玩的国际象棋里却找不到这等人物，在它们那里王和后都具有车和象的功能，所以不需要专司拱卫之职的"士"。两种不同的象棋也许恰好是两类不同的政治文化的象征。

　　在秦汉形成大一统的专制集权国家之后，士的唯一出路在于为君所用，入朝为官。除此而外，便前途渺茫。至于当诗人，当画家，做学问，都成了致仕不成的余兴节目。而在西方世界，他们的仁人志士成功途径却似乎有多种。他们可以选择当官员；也可以选择当教士；还可以选择当哲学家、文学家、艺术家；当科学与技术方面的发明家与实用家；当天文学家、地理学家和航海家，那都是他们的"士"——或者说知识分子，或者说社会精英们安身立命实现理想的良好职业。

　　一种是相对独立的可以有多种选择的士；一种是有所依附必须致仕的士。东方世界与西方世界在许多方面的大相径庭，这或许是相当重要的原因之一。

另一种刺客和另一种智囊

在罗马的历史中我们看不到蔚为壮观的刺客们的景象。对古罗马的一些从政的人来说，他们当然也有政敌需要铲除，但是他们却不采用精心地使用一两个刺客的办法，而是干脆大打出手。格拉古兄弟的被杀就是两例。

提比利乌斯·格拉古和凯尤斯·格拉古是战胜了汉尼拔的小西庇阿的孙子。他们自然是贵族，却成了罗马无产者的代言人。两人都受过希腊启蒙主义新思想的教育，他们利用保民官的职位对罗马共和国公民大会的立法权力发动了一场革命。提比利乌斯早年从军，他在戎马生涯中了解到罗马在人力资源方面的弱点，因此设想在广阔的公地上进行殖民来解决这一问题。但是大部分公地都已落入贵族的手中被当成了私产。提比利乌斯在元老院议员的支持下，制定了一项把公地重新分配给无地农民的法案，并且取得了拥有立法权的保民官职务。但是当他竞选第二任保民官时，反对派们却跳出来阻止选举的进行，当时人民大会大厅里的噪声极大，演说者的声音听不清楚。提比利乌斯用手指着自己的头做了个手势，意思是自己有着致命的危险，这果然造成了致命的危险：他的敌人跑去报告元老院说，格拉古要求戴王冠，于是祭司长带领大批暴民向会场冲去，他们拿着棍棒闯入公民大会将提比利乌斯当场打死。支持提比利乌斯的三百人也都被杀了，他们的尸体在夜里被扔进了台伯河。

但是年仅二十二岁的弟弟凯尤斯并没有被吓倒，他以土地委员的身份全力推行哥哥的法案，并且利用保民官的立法权力，制定有关罗马政府的一整套纲领，并提出给予意大利各独立民族以选举权的法案，以及禁止元老院随意设立政治法庭的法案，等等。凯尤斯和提比利乌斯一样具有不惜一切代价维护正义事业的坚定信心。有一次在政治示威中双方发生武装冲突，他的一派力量薄弱，被迫退到罗马平民的传统避难地阿芬丁山丘。当时凯尤斯手中只有一把短剑，为了避免国家遭到损害，他力求议和。但是对方拒不进行谈判，组织全副武装的骑士军队攻打阿芬丁山丘，进行了一场屠杀，凯尤斯自杀身死。

但是罗马还是有一个很出名的刺客的，这就是布鲁吐斯。

马可·布鲁吐斯之所以出名不仅因为他刺杀的是当时罗马最出名的人物，还是他的朋友；也因为他自己不仅是一个刺客，还是一个高尚的正人君子。

他刺杀的恺撒是把当时的罗马世界整个抓在手里的人，正如秦始皇把当时的华夏大地都掩在他宽大的衣袖之下一样。不同的是，秦始皇是一个暴君，恺撒却堪称一代明主。但是布鲁吐斯却担心恺撒会成为一个君临于罗马之上的暴君，在另一个罗马人凯尤斯·卡西乌斯的鼓动和合谋下，把他谋杀了。他们没有雇用刺客，而是敢做敢当地把杀人用的短剑握在自己手里。

刺杀人的人是正人君子，被刺杀的人也是正人君子，这一幕历史剧的可悲可叹和可歌可泣之处都在这里了。

公元前50年恺撒击败了曾和他共同统治罗马的"伟大的庞培"，逐渐把一切实际权力都掌握在了自己手里，共和国的形式和名称都依然保存着。元老院继续开会，但是恺撒控制了它。执政官依然有两个，但说话算数的是恺撒。保民官也依然存在，但他们的主要权力却已授予了恺撒。他有权宣战、媾和、统率军队、支配国库和任命官员。他成了终身独裁者，被授予除了国王之外的所有其他称号。有人认为他也想得到国王这个称号，于是想到了要杀死他。他的伟大不仅触怒了他的敌人，也震撼了他的朋友，无论是敌人还是朋友，都害怕他的雄心和他手上过于集中的权力。

首先想到要杀死恺撒的是卡西乌斯，但是他自己不敢这么干，他需要一个比他更正直比他更有名望并且为恺撒所信任的人来干这件事，他知道布鲁吐斯也在为恺撒手中过于集中的权力而担忧，他认为如果要除掉恺撒，必须由布鲁吐斯来当出头椽子才行。因为只有利用布鲁吐斯的威望，才能使人们相信这一叛逆行动的正义性。布鲁吐斯品行的名声是如此之高，以至于许多群众都相信真理是与布鲁吐斯同在的。

布鲁吐斯是一个理智而富于人情味的人，处事冷静，为人正直，不听信别人的甜言蜜语，也从不为私利所动。而只要他认为是对的事，就会义无反顾地去做。当恺撒和庞培争雄时，人们以为布鲁吐斯毫无疑问地会支持恺撒，因为他的父亲为庞培所杀。但是他却不顾杀父之仇毅然投向庞培的营垒，因为他认为正义是在庞培手里。对此连庞培也感到意外和惊喜，给了他最高的礼遇。更出乎人们意料的是庞培惨败后恺撒不但没有伤害他，反而不计前嫌把他接到身边视为密友。在罗马选举执政官时，由于恺撒的支持他当选为首席执政官。很显然，恺撒看重的不是他的政治观点而是他的人品。还有一件他不知道的事情是：在恺撒的遗嘱中，他被列在屋大维之后成为恺撒的第二个养子，而所谓养子实际上就是恺撒选定的继承人。在某种意义上，恺撒是把他当儿子看的。因为他的母亲曾是恺撒的情人，两人交往颇深。布鲁吐斯正是在他母亲塞维莉娅和恺撒热恋的那段时间里诞生的，虽然他不是恺撒的骨肉，却是被恺撒当作义子来对待的。

卡西乌斯和他的伙伴们不断地设法鼓动布鲁吐斯来当他们刺杀行动的首领。他们常常在布鲁吐斯祖先的铜像下和在布鲁吐斯不时能看到的地方塞上许多传单来激发他对恺撒独裁统治的危险感和起身行事的正义感。当得知有人想把国王的称号授予恺撒时，卡西乌斯对布鲁吐斯鼓动了他的如簧之舌："其他执政官的职责不过是调停纠纷，安置百姓；可是人们对你的期望，却是去摧毁那凌驾于国家之上的个人独裁。"从他的鼓动词中我们可以看到罗马人的雄辩："我们生下来是跟恺撒同样自由的人，可是现在我们这些渺小的凡人却只能在他粗大的两腿下行走。这位恺撒究竟吃了什么美食，才生长得如此伟大？他的伟大是罗马可耻的标记，罗马人高贵的血统已经断了吗？我们要是不能把他从高位上摇落下来的话，就要忍受黑暗的命运了！为什么要让恺撒做一个暴君呢？他只是因为看见罗马人都是绵羊，所以才做一只狼；罗马人如果不是一群鹿，他就不会成为一头狮子。旺火是用柔软的草秆来点燃的，罗马难道只是一些不中用的糠屑吗？为什么要去点燃了照亮他这样一个人物呢？"

于是布鲁吐斯想：只有叫他死这一个办法了！他对他并没有私怨，只是为了共和国的理念和大众的利益。他知道恺撒是一个人品高尚的人，但是谁又能保证在王冠下他的品格不会改变呢？如果让他戴上了王冠，就等于把一个毒刺交给了他，人们就无法预防王位可能带来的损害。权威一旦和不忍之心分开了，就会变成一件非常可怕的东西。平心而论，到目前为止，还没有看到恺撒什么时候曾经一味感情用事不受理智的支配，但是谨慎往往是野心初期的阶梯，凭着它才能一步一步地爬向高处；当他一旦登上了最高的一级之后，便不再回顾那架梯子，恺撒何尝不会这样呢？所以为了怕他有那么一天，必须早一点防备。我们反对他的理由不是他现在有什么可以指责的地方，而是怕他的权力将来可能引出的祸患。应当把他当作一颗蛇蛋，与其让它孵出以后害人，不如趁它还在壳里的时候就把它除掉！

他们选择的行刺机会是元老院的会议。这一伙刺客可以作为元老院的成员全体到场而不会引起别人不必要的注意。布鲁吐斯出门时在长袍里揣了一把短剑，先到卡西乌斯家和其他同谋碰了头，然后分别去元老院的会议厅等候恺撒。

其实恺撒已经预感到有人可能会加害于他，但是他对有可能发生的阴谋并没有十分上心。他对死亡的态度也充分说明了他的君子风度：懦夫在未死之前就已经死了许多次，而勇士一生只死一次。他曾经藐视过无数危险。在渡海征伐不列颠却无法靠岸时，他命令舵手把船只向不列颠的崖石上冲去把它们撞碎。他在夜间冒着风暴的危险出海，命令舵手把风帆张开，要他们心中想着恺撒的幸运而不是海上的波涛。他常常在别人都害怕时单身向敌人冲去，在高卢他做过三十次激烈的战斗，在埃及的亚历山大港，他一个人留在桥上陷入极端危险之中，他脱下紫袍跳入海中，在敌人的搜索中潜游了很长一段距离才脱离危险。在西班牙有一次他的军队迟疑着不敢和小庞培的精锐之师接战，恺撒首先冲到两军之间的空地上，他的盾牌接受了二百支标枪的投击，直到最后他的战士们感到了惭愧才冲上前去救出了他。就像在战争中不怕冒险一样，恺撒在政治上也并不追求绝对的安全。在这前一天晚上，恺撒与他的同僚们共进晚餐，一边签发一些文件。在席间的闲聊中他们谈到了死亡的方式，有人问怎样死才是最好的选择？

恺撒不加思索地道："暴死。"这恰巧成了他命运的谶语。

当天夜里，狂风大作，他的妻子卡尔布尼亚做了一个噩梦，梦见元老院为恺撒住宅专门做装饰的石雕断落了下来，还梦见恺撒满身是血死在她怀里。

曾有预言家预言3月15是他的绝命之日。那天清晨，恺撒对预言家说：瞧，3月15日已经到了。预言家回答说：但是还没有过去。

他的妻子卡尔布尼亚非常认真地要求恺撒不要出门。她对他讲述了那个不祥的梦示，希望他能把元老院的会议推迟几天。恺撒并不是一个迷信的人，但是因为妻子的认真态度，他请巫师占卜凶吉，结果也如那个不祥的梦示。为了使卡尔布尼亚安心，他让他的副手安东尼去通知元老院，会议将延期举行。

但是厄运为他设置的障碍似乎已不容他躲避。他的死为日后莎士比亚写关于他的戏剧提供了足够的戏剧性。

安东尼刚走，布鲁吐斯派来打听消息的人就到了。因为如果元老院会议不能如期举行，谋杀恺撒的计划就会落空，而且命运很可能不会再给他们第二次这种机会。前来探听消息的人是一个很会使用语言武器的人，他得知了事情的原委之后，用尖刻的口吻对恺撒说："元老院的人都是按您的吩咐前去开会的，大家都在等您出席。如果这时候有人进去对他们说'各位请回，等卡尔布尼亚不做噩梦的时候再来开会'，人们会作如何感想呢？如果您真的认为今天不吉利，也应该亲自去一趟元老院，定好下一次开会的日期。"他知道这种尖刻足以刺中恺撒的荣誉感。

恺撒是一个重视荣誉的正人君子，在听到这番话之后把信义放到了安全的前面。他认为人们贪生怕死是一件最奇怪的事，死亡本是一个人免不了的结局，它要来的时候谁也不能叫它不来。于是他从容地向伏在暗处等着他的死亡走去。一路上与可以挽救他生命的机会失之交臂。

恺撒刚走出家门不远，就有一个得知暗杀阴谋的人试图凑上前同恺撒讲话。但是簇拥着恺撒的人太多，他没有接近的机会。他去找安东尼说有事要报告恺撒，但忙乱中这一重要信息没有能够被转达。

走了一段路，又有一个人递给恺撒一张纸条，他也获悉了布鲁吐斯一伙人要行刺恺撒的行动。他见恺撒并不急于读纸条上的内容，便尽量靠近恺撒，急切地说："请你看一看纸条上的字，事关重大，刻不容缓！"恺撒刚要读，却又被别的事情打断了。恺撒的日理万机使他失去了又一次获救的机会。直到他走进元老院，毫无防备地被刺客们团团围住，那张报警的纸条仍然握在他手里。

公元前 44 年 3 月 15 日，那一天元老院正在楼上讨论允许他在意大利以外的地方可以享受国王称号，在元老院楼下的大厅里，布鲁吐斯和卡西乌斯一帮人刺杀了他。作为一个骁勇的战士也毫不逊色的恺撒，开始还在乱刀相向中左冲右突地寻找逃生的机会。但当他看到布鲁吐斯也拿着刀指向他时，巨大的震惊和失望使他放弃了求生的努力，这才是对他的致命一击。他回过头来说："布鲁吐斯，你也在内吗？"他的鲜血从二十三刀的创口里流出来，他用紫色的披风掩住脸，倒在庞培的雕像脚下。

不知道布鲁吐斯对恺撒最后的那一瞥作何感想。

在恺撒的尸体旁边，布鲁吐斯说出了他的那句名言："我并不是不爱恺撒，但是我更爱罗马！"他弯下身去把手浸在恺撒的血里，一直浸到肘上，象征着应对此事所负的责任。他向人们发表演说："你们宁愿让恺撒活在世上，大家做奴隶而死呢？还是让恺撒死去，大家作为自由人而生？因为恺撒爱我，所以我为他流泪；因为他是幸运的，所以我为他欣慰；因为他是勇敢的，所以我尊敬他；因为他有野心，所以我杀死他。我在刺死他的那一刹那并没有减弱我对他的敬爱！为了罗马，我杀死了我最好的朋友，如果罗马需要我死，无论什么时候，我都可以用这同一把刀杀死自己！"

布鲁吐斯确实是一个正人君子。他觉得反对专制独裁的目的已经达到，提议除了恺撒以外不多杀一人。他放过了对他最具威胁的安东尼，和他握手言和以确保罗马的和平，而且接受了安东尼为恺撒举行国葬并当众宣布恺撒遗嘱的意见。

恺撒的遗嘱在他的安葬仪式上被公布了。民众得知：每一个罗马人都可以从他的财产中分得相当可观的部分；恺撒把他在台伯河对岸的私家花园留给人民公用；或许最重要的是人们得知在恺撒的遗嘱中被立为第二个养子的那个人正是成为主谋杀死他的那个人，罗马人的爱憎和倾向已经决定。布鲁吐斯和支持他的元老们不得不逃出罗马，并最终兵败自杀。当败局已定时他对朋友说：如果这些人的倾向是如此，那么我对我的祖国已经没有用了。他叫他的朋友特拉图来，让他执行杀死自己的命令，他没有躲闪向他刺来的短剑。

布鲁吐斯并没有能够阻止君主政体在罗马的确立，只是白白地杀死了一个开明的恺撒。这位迂夫子杀人的动机无疑是高尚的，但被他刺杀的人却很可能更为高尚，这一点我们可以在以后对恺撒的评论中看到。杀死恺撒到底是一个明智之为还是一件愚蠢之举，只有天知道。历史已无法证实那些被中途折断的试题了。

在大陆另一端的战争中，我们也看不到谋士的影子。我们不知道汉尼拔的谋士是谁，他把权力和智慧出色地统一于他的一身。他的军事行动是由他自己指挥的，他的政治策略也是他自己决定的。一个人在异地他乡长达十七年的战争中担起了所有的责任，这需要有超人的意志和精力才能办到。在敌对的另一方，我们也看不到和中国的谋士相类似的人物。老谋深算的费边用他的策略挽救了罗马，但他是独裁者，是执政官，而不是谋士。朝气蓬勃的小西庇阿是汉尼拔真正的对手并最终置敌人于死地，但他是将军，也不是谋士。罗马人是有智谋的，但他们的智谋却不是通过侍候在君主或统帅身边的一个或几个谋士表现出来，他们有着和中国人不同的表现方式。

对于政治和军事的决策者来说，智囊永远是必要的。这种智囊，在中国表现为为君主个人所用的谋士；而在罗马则表现为一种国家的机构——元老院。

元老院是罗马政治机构中历史最为悠久的组成单位，一直维持到罗马帝国的灭亡。早在公元前 6 世纪就开始了它的存在，它的议员由国王委任，并随时向国王提供咨询。元老院有三百名议员，在早期的罗马共和国时期发挥也是咨询职能。在公元前四世纪到公元前三世纪连绵不断的战争时期，元老院对交政策施加的影响力增强了。在公元前二世纪到公元前一世纪的罗马共和国时期，通过一系列未成文的规定，元老院有力地控制执政长官。他们对外交、立法、财政、宗教等事务所提的意见是至关重要的。它还有权给执政官们分派任务，决定他们的任期，并指定设立元老院委员会以协助执政官们管理被征服的土地。

和中国人君权神授的观念不同，在罗马人由平等的自由民所组成的社团和由平等的社团所组成的国家里，没有自然的主人和天意的贵族，他们从自己的群体中指定一个人来担任首领和君主，于是从名义上便决定了这君主的权利是由人民授予的。虽然他一旦当上了君主之后当初授予他权力的人未必能够制约他，但名义上是由人民授权而非命该如此这一点仍然十分重要。这和东方人的君王观念有着质的不同。罗马人并不认为神会把统治一个国家的权力一定要交给某个人或某个特殊的家族，当上了国王的人在人格上也并不比其他贵族高出一头。在法律上，凡是身心健康的成年罗马人都有成为国王的可能性，这倒有点儿像现代国家从法律上规定只要是公民就有资格竞选总统一样。某个国王之所以成为国王只是由于他的威望、能力和幸运，因为一个国家必须有一个主人。

这种名义上对君主权力的限制，也表现在这样一种实际的政治原则之中：国王在决定重要事务的时候，必须征询其他重要人物的意见，这些重要人物的集会就被称为"元老院"。元老院可以在国王需要征询某事时召之即来，却不能在国王不想要它时挥之即去，因为它是一个永久性的政治组织。国王当然不一定非听元老院的不可，但如果在重大事情上国王不征询元老院的意见，那就是严重的滥用权力。特别是对战争的决定，只有元老院同意，战争才是合法的。这种权力与意见的结合是相当有意义的，在这种体制之下，那种像周幽王为了引美人一笑而点燃烽火召集军队的闹剧显然是不可能演出的。而在罗马成为共和国之后，元老院不但是咨询机构，甚至还成了决策中枢和权力机构。在决定由某人来执掌国家大权这一点上，元老院起着决定性的作用。

　　当然，元老院最初的和最主要的意义还在于它是一个国家的智囊，但有时智囊里装的并不一定都是智慧。在对汉尼拔的战争中，它被速胜的热望鼓噪着换掉了老谋深算的费边而用冒失鬼瓦罗取而代之，结果导致了坎尼之战的惨败，就是一个巨大的蠢举。不过元老院既然是一个由许多头面人物组成的智囊，就不太可能一直愚蠢下去。它因为人多主意多而犯了把独裁者的权力从费边手里拿掉了的错误；却也因为可以集思广益而避免了有时候权力和主意都集中在一个人身上因而一条胡同走到黑的危险。并且它的应急应变和在危难的情势下保持镇静正常运转的能力是非常出色的。坎尼之战的惨败，汉尼拔的谋略和强悍固然是一个重要的原因，罗马人内部的意见分歧和不团结也是重要原因。元老院意识到了这一点：要想挽救罗马，必须从罗马人之间的团结和信任开始。大敌当前，排除一切派系之争，是元老院为最终赢得这场战争做出的最为重要的决策。

　　当那个在坎尼之战中全军覆没却只身逃出的败将瓦罗返回罗马城时，元老们不但没有耻笑他，没有把失败归罪于他，反而在城门口恭迎他，感谢他在战争中尽了自己的努力，这是何等的气度。在元老院所表现出来的这种气度面前，罗马人内部所有的互相攻讦都沉默了，他们现在关心的是如何团结一致共渡难关。尽管四面八方战争失利和同盟反戈的消息不断传来，军库被劫，据点失守，罗马几乎已经没有了屏障，但元老院仍然坚持着，镇定自若地发布着一项项命令：群众不许在城门集会；张望者和妇女遣送回家；对阵亡者的祭吊限于三十天，以便对欢乐之神的祭拜不致拖延太久，而且穿着丧服者不得出现在欢乐之神的祭场。同时下令战败的残余部队由西庇阿将军和执政官瓦罗负责召集和训练，以戴罪立功的身份无偿服役。在给足了瓦罗面子之后，在适当的时机以适当的借口拿走了这个不会打仗的将军的兵权，免得他再犯同样的错误。在罗马生死存亡的时候，元老院这个智囊已不仅是罗马的头脑，还成了罗马的主心骨。

在罗马共和国的最后几十年，由于军事领袖的崛起，元老院的威望和权力下降，恺撒把元老院的人数增加到了九百名来使它人浮于事。公元前27年，奥古斯都在实际上成为皇帝以后，又恢复了元老院的威望，并把它视为统治帝国的合作者，把执政官和法官的选举权由公民议会转到了元老院。但是皇帝在很大程度上可以影响选举，并随意委任元老院成员。自从皇帝统管一切行政之后，元老院又恢复了它作为统治者咨询机构的本来面貌。

法律与诗歌

在回溯古代罗马与古代中国的历史时，二者之间有一个重要的差别必须引起足够的注意：这就是法律精神的强和弱。

汉朝的开国皇帝刘邦的实际统治，是从进入秦国首都后的"约法三章"开始的。这项约定的三个法条其实只是简单的三句话：杀人者要偿命；伤人者要判罪；偷盗者也要判罪。以这样一个简单的法令，就开始了汉朝前后四百年的统治，可以想见古代中国人法的意识是相当淡薄的。

罗马帝国（当然包括它极其重要的共和国时代）的历代建造者们建立的不只是一个国家，他们在建造神庙和公共建筑的同时，也建造出了一个法律框架。建造公共建筑的基本材料是石块；建造法律体系的基础则是：公民。

请注意这样三个词：公民（civis）、公民社会（civitas）和文明（civilization），这种词与词之间的衍生关系表明：现代文明是建立在公民社会的基础之上的，而公民是组成公民社会的一块块基石。古代罗马，不仅仅是一个由统治者和被统治者组成的帝国，同时也是一个由公民和公民组成的国家。而公民，必须由相应的权利来保障他的人身安全与尊严。公民一词之所以如此重要，因为它是现代西方文明的基础。

西方人很早就意识到，财产是自由的基础，一个人没有财产就没有自由。罗马的立法者规定：即便是被定罪的人，他的财产也应受到尊重，以防止被他人所没收。除了最重大的叛逆罪外，不得没收其财产。这种对公民权利的规定意味着，所有不公正的对待都会被法律条文所审视。同时也意味着一个罗马公民是生存于一个可以理解与控制的人类行为的系统之中，获得一个合法的身份与居住的地方。这种意义从那时一直保留至今，并且从古代罗马延伸到了现在的整个世界。

罗马的法律起源于公元前451年左右的十二铜表法，这是日后所有习惯法的法源基础。到了公元534年，罗马皇帝查士丁尼主持编撰并颁布实行了《民法大全》，这个罗马法典对西方文明的影响也许仅次于《圣经》，从十一世纪后，这个法典成为欧洲所有法律与行政的基石。从它的一些条文中可以看出，其基本思想和原则已经融入现代大多数国家的法律之中：

任何人在缺席时不得被判罪。同样，不得基于怀疑而惩罚任何人。

与其判处无罪之人，不如容许罪犯逃脱惩罚。

任何人不能仅因为思想而受惩罚。

提供证据的责任在陈述事实的一方，而非否认事实的一方。

武力与畏惧完全与自愿的同意背道而驰，后者乃诚实契约之根基；容许任何此类行为都是悖逆道德的。

世代相传的习俗应受到尊重和服从，不得轻视，但其有效性不应凌驾于理性或法律之上。

……

罗马的法律主要是公民法，这是统治者和人民关系的法律。后来随着帝国的扩张，成为管辖区域内全体人民的法律，即现在所通称的民法。而纵观古代中国，无论是秦汉以前还是秦汉以后，却都只有王法——人民必须服从的只体现统治者意志的法；刑律——人民犯了王法而遭受惩罚的条律；而没有民法——人民可以凭其保护自己权利的法。所以古代罗马是一个公民和国民的国家，而古代中国的民众只是臣民和子民。臣民和子民的一切都由帝王和官吏来决定，一旦高高在上的强权要拿走，无论是财产还是生命，他们便什么也剩不下。

秦朝的统治者对人民的残酷压迫，和在汉初让人民得以休养生息的文景之治以后，汉朝统治者对人民的横征暴敛，相对于罗马帝国因其法律而对公民的有效保护而言，形成了一个鲜明的对照。但是中国秦汉以前的统治者，特别是周朝的某些统治者，对待其人民的态度要温良和善得多。那时的统治者很注意了解下层民间的情况，以观察老百姓的生活和风俗，同时来修正和改善自己的统治。这种了解民情的方法叫"采风"。"风"是古代对民歌的称谓，民歌民谣能够直接反映老百姓的心情，采风就是由宫廷派出官员到下层百姓中去搜集民歌民谣的行为。中国古代的诗歌总集《诗经》，就是周朝的采风者历代搜集整理的成果。到了秦始皇以残酷的攻杀扫平六国的时代，刀光剑影中我们看不到诗歌的影子。到了秦朝覆灭，汉朝平定天下之后，野草般的诗歌才又从被兵器耕犁过的土地上慢慢地生长出来。

在中国诗歌史上，汉代的诗歌首先是由秦朝的终结者项羽和汉朝的开创者刘邦唱出来的。

先来看项羽的《垓下歌》："力拔山兮气盖世，时不利兮骓不逝，骓不逝兮可奈何？虞兮虞兮奈若何？"喊出的是失败者的悲鸣。

再看刘邦的《大风歌》："大风起兮云飞扬，威加海内兮归故乡，安得猛士兮守四方！"唱出的是胜利者的感慨。

从一些汉代流传下来的诗歌中，我们可以看出那时候人们的生活场景、生活起居和他们使用的某些物品。

张衡是汉代著名的科学家，是浑天仪和候风地动仪的发明者，同时也是一个有名的诗人。他的《四愁诗》是写给爱人的情诗：

我所思兮在太山，欲往从之梁父艰……美人赠我金错刀，何以报之英琼瑶。

我所思兮在桂林，欲往从之湘水深……美人赠我琴琅玕，何以报之双玉盘。

我所思兮在汉阳，欲往从之陇阪长……美人赠我貂襜褕，何以报之明月珠。

我所思兮在雁门，欲往从之雪雰雰……美人赠我锦绣段，何以报之青玉案。

　　看看情人互赠之物吧：金错刀，这可能是一种钱币，也可能是用金镶嵌的小刀；琼瑶、琅玕、玉盘、青玉案，这些都是美玉；明月珠应该是大粒的珍珠吧；而貂襜褕、锦绣段，是华丽的衣裳。

　　无名氏的《怨歌行》，是一个女子的失恋诗：

　　"新裂齐纨素，鲜洁如霜雪。裁作合欢扇，团团似明月。出入君怀袖，动摇微风发。常恐秋节至，凉飙夺炎热。弃捐箧笥中，恩情中道绝。"

　　从作者以绢扇的比兴中，我们可以看到从织机上裁下绢来做成扇子，夏天使用，并在秋凉后被收藏进箱子的生产和生活过程。

　　从无名氏的《古歌》："高田种小麦，终义不成穗。男儿在他乡，焉得不憔悴？"我们不仅可以知道一个游子的乡愁，还可以知道当时的麦子是不宜种在高寒的土地上的。

　　"青青河畔草，郁郁园中柳。盈盈楼上女，皎皎当窗牖。娥娥红粉妆，纤纤出素手……"

　　从这首古诗中，我们不但可以看到一个妻子在等待丈夫的情景，还可以知道她家院子中有柳树，住的是楼房，并且她还化着妆，双手保养得很嫩很白，想必是一个不用干粗活的女主人。

　　而从另一首古诗中，我们可以看到当时城市的景观：

　　"驱车策驽马，游戏宛与洛。洛中何郁郁，冠带自相索。长衢罗夹巷，王侯多第宅。两宫遥相望，双阙百余尺。"

　　东汉都城洛阳城里的繁华，帝王宫殿的高大和王侯宅第的密集，都已跃然纸上。

　　我们甚至还能看到当时高雅的人们举行的一场小型室内音乐会：

"今日良宴会，欢乐难具陈。弹筝奋逸响，新声妙入神。令德唱高言，识曲听其真。齐心同所愿，含意俱未伸。人生寄一世，奄忽若飙尘。"

作者不仅写出了乐曲的意境，听众的心理，还有听后的感慨。

汉诗中特别值得在这里一提的是《客从远方来》：

"客从远方来，遗我一端绮。相去万余里，故人心尚尔。文采双鸳鸯，裁为合欢被。著以长相思，缘以结不解。以胶投漆中，谁能别离此？"

这也是一首爱情诗，女主人公说：情人从万里之外带来半匹丝绸面料，上面绣的是一对鸳鸯。我把它做成合欢被，装进丝绵，四边用连环不解的结做装饰。请注意，丝绸和丝绵都与相思相合，这就是如胶似漆的爱情的象征啊！

通过丝绸之路，中国产的丝绸也已成为罗马贵族使用的衣料。不知道在罗马妇女之中，是不是也有人把它当成爱情的象征？

但上面所举的汉诗，只是和平时期社会中上层人物生活状况的写照。而另一些汉诗，所表达内容则是战乱时期的惨景，还有得不到法律保障的下层人民的痛苦生活：

梁鸿的《五噫歌》："陟彼北芒兮，噫！顾瞻帝京兮，噫！宫阙崔巍兮，噫！民之劬劳兮，噫！辽辽未央兮，噫！"用五句话和五声重重的叹息，表达了帝王的奢侈和民众的疾苦。

赵壹的《疾邪诗》："河清不可俟，人命不可延。顺风激靡草，富贵者称贤。文籍虽满腹，不如一囊钱。伊优北堂上，肮脏倚门边。"用激愤的语言斥责着当时趋炎附势的社会风气。

无名氏的《战城南》："战城南，死郭北，野死不葬乌可食……"描述的是一片尸横遍野无人收的惨景。

而古诗《十五从军征》，则写了一个人从十五岁就被帝王征去当兵，直到八十岁才得以还家的凄凉情景："十五从军征，八十始得归。道逢乡里人：家中有阿谁？遥望是君家，松柏冢累累。兔从狗窦入，雉从梁上飞……"

诗中的这个可怜人为皇帝卖命一生，晚年回到故乡，却什么也没有了。如果是在同一时期的罗马，这样情景应该不会发生。首先一个有法律保护的公民不可能从十五岁服兵役一直到八十岁，其次一个为国家长期服了兵役的公民，在退役时也不可能落得个一无所有的下场。

我们可以比较两种法律状况：一个是具有较为完备的民法体系的社会；另一个是没有民法、只有王法的社会。两者的这个差别可能直接影响到了西方和东方这两大帝国后来的政治形态。

罗马人在建立了民法的同时，也创造了一个法律类型，称为"国际法"。它是罗马公民法向外的延伸，对于罗马公民和外国人皆适用。它被公元 2 世纪的法律学者该雅士认为是"所有国家都要奉行的法律"。这个观念对后来欧洲所有的立法思想有着深远的影响。当欧洲势力向外扩张到世界其他地方，它就变成了今天"公共国际法"的基础，管理着国际社会的种种行为。

而古代中国的王法，即帝王意志之法，却始终是一个自我封闭的系统。它不但压迫着被中国皇帝统治着的所有中国人，后来也压迫着进入这个东方帝国的外国人，无论是外交使者、传教士还是商人。在清朝末年这个衰落的东方帝国和新兴的西方帝国的剧烈冲突，其因素固然有着西方帝国的侵略所引起的中国人的反感，也有着东方帝国以其落后的王法粗暴地对待早已沿袭了罗马公民法与国际法的西方列强所引起的冲突。两千年后的这种冲突，不仅是经济的冲突、文明的冲突、政治的冲突，同时也是两种法律观念的冲突。

第四章　统治者

形形色色的首脑

公元前 202 年，这块大陆东西两端的大片战火已经熄灭。罗马的致命敌人汉尼拔已被拔除，妨碍汉王一统江山的强大对手西楚霸王项羽也已败亡。天下趋于安宁。

但威胁依然存在。

汉尼拔还活着，罗马人便能感觉到死亡的阴影；迦太基还在呼吸，罗马便不敢放心安睡。回到了迦太基的汉尼拔用他的威信、品格和政治家的头脑进行了一系列政治与经济的改革，意在重振国力以备下一次决战。罗马人无法坐视一个为他们所恐惧的国家由一个为他们所惧怕的人物来领导。如果在刚刚结束的那场战争中迦太基政府肯全力支持这个人的话，那胜负很可能就不是现在的这个局面了。由于执行上一次战争的是汉尼拔而不是迦太基，因此背负战败重负的也只能是他。罗马向迦太基派出使节团，不顾风度地要求他们交出汉尼拔。迦太基人无力抗拒，但汉尼拔却明智而及时地逃往了东方，避免了让他的同胞把他亲手交给敌人的耻辱。汉尼拔的财产被没收了，房子被铲平了，一个国家最伟大的公民被永远地流放于他的国土之外。汉尼拔投奔到了当时正准备对罗马开战的叙利亚，受命指挥一支舰队。但这位在陆地上的所向无敌的将军在海上却没有足够的幸运，他的军事生涯终以失败结束。一说服毒自杀，一说不知所终，他的辉煌时代已经过去了。最明亮的火炬在它燃尽时所冒出的也只能是一缕残烟。

又过了许多年，迦太基在商业和农业的繁荣下逐渐复兴，罗马人的那块心病则越长越大。有一个善于演说的罗马人叫加图，年轻时曾和汉尼拔打过仗，他每次在元老院或别处演讲都用这样的话来做结束："迦太基必须毁灭！"在他死前，他终于看到了这个罗马宿敌的毁灭。罗马人找了一个借口把他们的军团开进了迦太基，被震慑住了的迦太基人不但交出了武器而且还交出了三百个贵族作为人质。罗马人并不以此为满足，一位罗马执政官冷酷地通知他们：他们的城市必须毁灭！在愤慨和拼命的决心下，迦太基人做了绝死的抵抗，他们紧闭城门，严守城墙，把每一块可以找到的废铁都用来铸造武器，妇女们剪下她们美丽的长发拧成弓弦。但是两年以后，他们的城池终于被攻陷了，没有战死的人被卖作奴隶，罗马人在废墟上用犁翻了土地，表示这个城市永远不能重建。

罗马没有被汉尼拔打垮时，罗马是伟大的；罗马最终毁了迦太基城时，罗马是可耻的。罗马终于在敌人的尸骸上建立了自己梦寐以求的安全。

而对于汉王朝来说，威胁却在它的内部。先是诸侯王对皇帝的反叛，刘邦在皇后吕雉的协助下粉碎了一次又一次成形的和并未成形的叛乱。但在刘邦死后，这个一心一意帮助他坐稳天下的内助却成了夺取刘氏江山的魁首。吕后是中国第一个坐在皇帝的宝座上神气活现地发号施令的女人。如果说刘邦性格中的主要成分是坚忍加无赖的话，他这位结发妻子则是刚毅加狠毒。刘邦和项羽一起推翻了秦始皇的统治，吕后却似乎在很大程度上继承了秦始皇的残忍。和她的这种残忍形成鲜明对比的却是她儿子孝惠帝的懦弱和仁慈。太史公对这一对母子的行为做了毫不隐晦的记录。

大老婆吕后最嫉恨的人是刘邦的小老婆戚夫人和小老婆所生的儿子赵王如意。刘邦死了以后，这位当年得宠的戚夫人便落到了吕后的手里，被囚在别宫。吕后召赵王如意入宫，召他入宫的意思是很明显的。孝惠帝知道他的母亲想干什么，却对这位异母弟弟有着很深的感情，亲自迎他入宫，和他一起吃一起睡，使得吕后无法下手。但有一天他显然是疏忽了，很早就外出打猎，赵王如意还在宫里睡懒觉，乘此机会，吕后派人拿了毒酒让赵王如意喝，等孝惠帝回来，他的这位弟弟已经再也醒不过来了。吕后杀了儿子仍不满足，还要加害于母亲，同时也是为了给生性仁慈的孝惠帝上一堂当帝王应该学会的残忍课，她命人斩断戚夫人的手和脚，挖掉眼睛，用火烫聋了耳朵，用药弄哑了喉咙，把这位当年受先帝恩宠有加的美人扔在肮脏的猪圈里，叫作"人彘"。一切做好之后，叫人请孝惠帝来看。孝惠帝看了后不知为何物，问了以后才知道这就是原来如花似玉的戚夫人，放声大哭。受此刺激之后，大病了一年多无法起身，这才知道身为帝王要有何等手段，自知力不能任，派人去见太后说："这样的事不是人能做得出来的，我虽为太后之子，终究不能治理天下！"从此以后耽于逸乐，再也不管政事了，但心灵上的创伤难以愈合。吕后乐于当皇帝的儿子不问事，一切便都可以由她说了算。她名义上虽然还是太后，实际上已是主掌朝廷大权的皇帝，在孝惠帝死后，更是如此了。

从公元前 187 年到公元前 180 年，汉朝实际上的皇帝是吕雉。在吕后当政的时候，在宫廷里忙于摆弄权力，不断地废了那个王，改封这个王，不顺她心的诸侯王甚至继承皇位的小皇帝都可以弄死，手段相当毒辣。到最后她娘家姓吕的侄儿亲戚们都封王封侯把持了朝政，刘姓皇帝的天下渐渐地就过了户。但是吕后的残忍和毒辣范围只限在宫廷内部，对老百姓采取的倒是清静无为以求休养生息的政策，天下安宁，罕用刑罚，百姓努力于耕作，基本上能够丰衣足食，宫外的安定平和与宫内的迫害残杀形成鲜明的对照。对这一点，太史公也做了实事求是的客观评价。吕雉死后，刘邦的旧臣们铲除了吕氏的势力，迎立刘邦之子刘恒入京，是为文帝。

在太史公记载中，汉文帝可算是一个模范皇帝。太史公在他的文章里是经常批评一下某某人的，并不管被批评的人位有多高官有多大，以他对吕后为人的揭露和对文帝为人的赞赏，可以想见汉文帝确实是一个不可多得的好皇帝。

汉文帝刘恒很有上古时期泱泱大度的尧舜之风。他当上皇帝之后不久干的第一件大事情，就是废除连坐之法。他下指示说："法律是治国的标志，用以禁止残暴而为好人做表率。现在犯法的人受到制裁，但没有犯法的父母妻子和共同拥有产业的人却因为受到犯人的连累而倒霉，甚至要被收为奴隶，我很不想用这种法律，大家讨论一下看看。"大臣们显然还没有习惯这位为人宽厚的新皇帝，说：老百姓水平太差不能自治，所以才实行这种严厉的法律使民众在心理上恐惧，不敢轻易犯法，这种法律已经由来已久了，依照旧法便于治理天下。皇上又发指示说："我听说法律正，人民才会老实；罪罚得当，百姓才会服从，而且管理民众教导他们向善是官吏的责任，为官的人既不能教导民众，又以不公正的法律加罪于民，这不是反而向老百姓施以暴虐吗，怎么能禁止民众不为恶呢？我没有看出这种法律有什么好处，还是再认真地讨论一下吧！"皇帝发了两回指示，群臣才开始服气，说：皇帝陛下加大恩惠于人民，这种盛德，不是我们当臣子的人能想到的。于是废除了一人有罪家人为奴以及其他的连坐之法。

汉文帝即位的第二年，群臣们就为下面由谁来当皇帝这件事着急了，催着皇上及早立太子。文帝发了一通感慨说："我没有多大的功德，天上神明并不怎么乐于享受我献的祭祀，天下百姓也没有满意的，现在虽然不能广为寻访圣贤有德者而禅让天下，反而急着立太子，这不是加重我的不德吗？如果选举有德之人来辅佐我，才是社稷神明有灵，是天下人的福气。现在也不搞禅让和推举了，而说必须传帝位给儿子，人们会以为我是忘记贤德的人，只为自己儿子着想而不为天下着想，我不愿这样。"不管他这话是真是假，能说出这么一番仁义道德的话，和他父亲刘邦那种一心想把天下据为己有的形象已是大相径庭了。不知他是从哪里继承来的这满身古风。当然，太子最终还是要立的，要不然大臣们何苦要费那么大的劲冒那么大的险把姓吕的搞下去把姓刘的树起来呢？中国人的观念是：天下一旦是谁家的了，就应该永远是谁家的，大家都不来抢，天下就会太平无事；谁都想来当皇帝，天下必乱无疑。解决了天下姓什么的大问题，还需要解决下一任皇帝由皇帝的哪一个儿子来当的问题，要是皇帝的几个儿子互相之间争来夺去，也一样会"城门失火，殃及池鱼"。难怪对这个问题有时候当臣子的比当皇上的更为着急。

过了一阵子，大臣们又请立皇后。文帝心中高兴，赐给天下无妻、无夫、无父、无母和穷困的人以及八十以上的老人和九岁以下的孤儿不同数目的米、肉和丝织品，让大家过了一回"皇后节"。

文帝碰上了一回日食就赶快反省：是不是我这个皇帝当得不够好啊？便请求大家推举贤良方正能够直言相谏的人来帮助他，并削减了自己的卫队，把多余下来的马匹和装备配给了传信的驿站。并且开始考虑："古人治理天下，朝廷设有进善言的旗子和让百姓书写政令缺失的诽谤木柱，这是用打开通路的办法使劝谏的人前来说话。但是现在的法律却有诽谤获罪的条文，这会使众臣不敢尽情直谏，皇上无从闻知自己的过失。这样的话各方的贤良之人怎么会到我身边来呢？应该废除这项法律。"

文帝还废除了肉刑，起因是一个叫缇萦的著名的孝女。她当县令的父亲犯了罪当受刑罚，缇萦跟着被押送的父亲到了长安，上书给官府说："父亲为官一向廉洁公平，这次不小心犯了法要受刑罚，当女儿的感到已死的人不可复生，受刑的人肢体残损也不再可以补接，为此很是悲伤。虽然想要改过自新，但也没有办法了。小女子愿意入官府为婢女，以自己来抵赎父亲的刑罪，使他能够改过自新。"文帝看到了这封信，大为感动，于是下诏书道："听说尧舜时代，有罪的人把所犯的罪行画在衣冠上以表示刑罚，而民众不犯罪，这是何等至治的境界呀！现在的法有黥面、劓鼻、刖足趾的三种肉刑，但并不能禁止犯罪，过失何在？这不是我的德行浅薄教化不明的原因吗？我十分惭愧。教化未施而民众有过，却加以刑罚，或许想洗心革面改恶从善，但是已无路可走了。像砍断肢体刺刻肌肤这种刑罚终生不止，是何等痛苦而不合道德，怎么能够合为民父母的心意呢？应该废除肉刑！"

汉文帝还是一个提倡艰苦朴素勤俭建国的领导人，他常常穿很差很厚的粗绸子衣服，就连最宠幸的慎夫人也命令她不得长裙曳地，所用的帏帐也不用文绣，以表示敦厚俭朴，为天下表率。当皇帝二十三年，他的宫室、园囿、狗马、衣服、车驾等都没有增加。有一次想建一座露台，请人预算了一下，造价要百斤黄金，马上就不造了，说："我奉守先帝的宫殿，常常还怕有所折辱，盖这个露台干什么？"他对死后的殉葬品也规定了一律用瓦器，禁止用金银铜锡来做装饰。

特别值得一提的是这位皇帝对死的态度。古代皇帝大都过不了生死关，虽然也是肉体凡胎，却总想长生不老。秦始皇就为求不死药花了老大的功夫。汉文帝在这一点上却十分明智，大概和贾谊对他谈过生死鬼神之理不无关系。他在遗诏中说："天下万物生长萌芽，没有不死的道理。死是生的自然结果，有什么可以过分哀痛的呢？现在一般的人都喜欢生而厌恶死，厚葬死者以致破产，长久服孝以致伤害生理，这样的做法我很不以为然。下令给天下的官吏和民众，在我丧事三天期间不要禁止人家娶妇嫁女饮酒吃肉，不要叫男男女女到宫里来哭，应该来的，早上晚上来各哭十五声就行了。我葬在霸陵，不要改变原来山陵河川的形状。把宫中自夫人这个等级以下的宫女都放回家。"所以霸陵到现在为止大概没有什么可挖的，肯定挖不出秦始皇陵里的那么多兵马俑。但是却生长了不少柳树，自古以来很多文人墨客在长安分手的时候都要到霸陵去折一枝柳条。也算文帝和文人的一点缘分吧。

和汉文帝对待生死的洒脱态度不同，汉武帝对生死之道的悟性比他爷爷文帝差了太远，他对长生不老的兴趣和秦始皇好有一比。《史记》中的《孝武本纪》对汉武帝时发生的一些大事件，如派张骞通西域、与匈奴打仗等不置一词，通篇写的是汉武帝如何访道寻仙祭祀封禅。

汉武帝刘彻从当上皇帝开始就在为这件大事而忙个不停。开始有个李少君以长生不老之术谒见武帝，武帝非常尊敬他。这个李少君隐瞒年龄和生长的地方，最初说他有七十多岁，可有一次碰到一个九十多岁的老人，说自己和老人的祖父是朋友。后来又因为认出了一件齐桓公时代的古董，年纪又增加到了几百岁。这位神秘人物对武帝说："祀灶神就可以得神通，得到神通就可以把丹砂炼成黄金，用黄金做食器就可以延年益寿，寿命长了就可以看到东海上的蓬莱仙人，见了以后再封禅就可以长生不死了。我曾经在海上见过仙人安期生，他拿着一个像瓜那么大的枣子给我吃。安期生来往于仙山之中，认为能见他的凡人他就见一下，认为不能见的他就藏起来。"这种富有想象力的牛皮吹得武帝很愿意相信，就亲自祭祀灶神，派遣道士到海上去找安期生，并且开始研究炼金术。可是不久这位自称会不老之术的李少君死了，武帝硬不相信他是死了而宁愿认为他是升天了。

上有好者，下必效焉，一时间人们争相谈论神仙之事。第二年又有一个齐国人少翁自称精通鬼神之道求见武帝。耍了一点小魔术在夜里设帷帐把武帝最宠爱的王夫人的亡魂招来让他看。武帝大喜，拜少翁为文成将军。既然吹牛皮就可以得宠，有变魔术这样一技之长的人当个将军也是很正常的。可是过了一年多，他的法术不太灵了，耍了个小花招让牛把一条写有文字的绢吞下肚，然后杀了牛让皇帝来看天书。谁知武帝这回聪明了一点，看出了天书上的字原来是少翁自己的笔迹，就悄悄地把他给杀了。

过了几年宫中又来了一个叫栾大的人，知道吹牛皮就是要气壮如牛别人才会相信。栾大吃准了皇上的心思，说："我曾经来往于东海中见过安期生等仙人，皇上你千万不要因为我低贱而不相信我。黄金是可以炼成的，不死药是可以得到的，仙人也是可以招来的。但是我怕像文成将军那样遭杀身之祸，那么许多通于此道的人都会三缄其口，谁还敢说求仙问道的方术呢？"武帝说："文成是吃马肝吃死的，并不是我杀了他。你要是真的能求到成仙的方术，我一定重用你！"于是拜栾大为五利将军，短短一个多月就给了他四个金印，还把女儿长卫公主嫁给他为妻。皇帝甚至亲自到他家里去拜访。一时间栾大名气大振，使得天下许多道士都说自己有秘方能够通神遇仙。

后来又有一个公孙卿拿了一扎鼎书来劝皇上封禅，说封了禅就能升天。说当初黄帝采首山的铜在荆山下铸鼎，铸成之后，就有龙从天上飞下来迎接，黄帝和臣子后妃们七十多人骑龙上天，留在后面的小臣们坐不下了，抓着龙须不放，龙须掉下来了，黄帝的弓也掉下来了，百姓们看着黄帝升天而去，就抱着龙须和弓号啕大哭。这一则神话说得武帝心驰神往，叹息道："要是我能像黄帝那样升天而去，那丢掉老婆也就和脱掉拖鞋差不多。"他拜公孙卿为官，叫他在太室专门等候神仙的来临。但是汉武帝又上泰山又巡东海，仁至义尽，始终也没见到神仙一面，仍然一心向往之毫不后悔。对此公孙卿又有话说："仙人是可以见到的，只是你每次都来去匆忙，所以才见不到。陛下可以在各处名山建一些宫观神祠，在里面摆一些肉脯枣子之类，仙人就会来的。"可以想见从天上飞下来吃枣子的不会是仙人而只能是些小鸟，但是武帝依然愿意相信，命令照此办理。这样的一个皇帝你恐怕既不能说他太天真也不能说他傻，只能说他太想万寿无疆了。

《孝武本纪》写道：今上封禅，共历时十二年，所封之地遍及五岳四湖，叫方士们立祠等候神人和派人入海求仙，终究没有结果。

在皇上传记里没有写到和匈奴打仗这件事，大概是因为不好写。飞将军李广的孙子李陵对匈奴作战英勇卓绝，却因为武帝的战略错误深入匈奴腹地陷于绝境，最后无奈投降了匈奴而导致家人被皇帝杀掉。太史公也因为李陵辩护得罪了皇帝入了死牢，最后被割掉了生殖器才得以保全性命继续写书。这一点当然是不能写的。

但是张骞通西域这件事完全应该一提，或许写史书的人当时没有意识到这件事的重要性。张骞出使西域是横贯欧亚大陆的丝绸之路的开始，那个时候还各自孤立地存在着的东方和西方，后来终因有了这条丝质的纽带而在某种程度上连接了起来。恺撒被刺时穿在身上的那件紫色绸袍应该就是用中原的桑蚕吐出的丝织成的。当然，东西方政治上的交流和影响要比商品的流通和影响困难得多了。

中国的皇帝不论是有为的还是无能的，明智的还是昏庸的，有一点是共同的，他们都是以前一个皇帝的血统为基点登上的皇帝宝座。而罗马的执政者们则不然，他们登上政治舞台靠的主要是自己的才干、谋略和能量。

格拉古兄弟壮志未酬，他们没有保持住权力的关键是只有选票的支持而没有军队的保护。后来的独裁者马利乌斯吸取了这个教训，枪杆子里面出政权的道理他在那时候就已经悟得很透了。马利乌斯没有受过上层贵族通常要接受的希腊式教育，也不擅长在公众面前演讲，但他既是勇猛善战的士兵又是用兵如神的将军，在军队中极孚众望。因为有军队做后盾，他的政治地位步步上升，公元前107年被选为执政官。这位执政官打破了只有有产者才能服兵役的陈规，用广泛征召志愿兵的办法解决了兵源不足的问题，在非洲战场上，他击败并俘获了罗马的劲敌朱古达国王。在欧洲他率兵挫败了从北面入侵意大利的凶猛的日耳曼部落——基姆布利人和条顿人，解除了罗马面临的危险。在公元前100年，他凭借军队赢得的丰功伟绩达到了顶点。但那时候的罗马人似乎还没有要当皇帝的意识，即便是当上了执政官的人也没有想到要把这个位置一直坐下去。马利乌斯当了一阵执政官以后也就退休了，虽然他退休以后仍然有许多拥护者和追随者。

但是当他的后继者、他原先手下的将军苏拉在政治上取代了他的地位之后，这位老将军心理上却不平衡了。在他和苏拉对军权的争夺中，罗马城里发生了公开反对苏拉的骚乱。当年的袍泽拔剑相向了，苏拉率兵进攻罗马，马利乌斯历尽艰险逃往非洲，等待时机。当苏拉率军出征希腊时，他又纠集一支军队杀回罗马，对亲苏拉派的人士进行了一场大屠杀，元老们的头都被挂在讲坛前示众，如此处理元老们的脑袋在罗马的历史上还是第一次，这个习惯在罗马人后来的屠杀中保留了下来。被杀的人不许埋葬，被鹰和狗撕成碎片。没有被杀死的反对派则被放逐，财产被充公。苏拉当执政官时的法律被取消，他的朋友被处死，他的房产被没收，他本人则被表决为人民公敌。马利乌斯又一次当选为执政官。但是这时候的马利乌斯已经糊涂了，干事情的状态已神志不清。所以当他死时，他的敌人和朋友都感到庆幸。

　　苏拉本来是马利乌斯的部将，马利乌斯在非洲擒获朱古达王就是由于他的功劳。但是他却受到了上司的嫉妒，转到另一个指挥官手下任职。他和马利乌斯怨恨的种子也由此种下。当罗马必须出兵东征在希腊的米特拉达特国王时，他和马利乌斯都希望得到统帅一职。但是手上握有兵权的苏拉把前任执政官赶出了罗马，在元老院的祝愿下引兵东征。他在希腊和小亚细亚四年的征伐以大获全胜而告终。但是当他带着四万大军和大量战利品班师回到罗马时，却发现正在掌权的马利乌斯那一派人已宣布他为共和国的公敌，废除了他制定的法律，毁掉了他的家园，剥夺了他的公权，没收了他的财产，他的朋友们没有逃掉的也都被杀掉了。苏拉受到的迫害是骇人的，他的报复更是骇人的。他攻陷罗马，召集人民发表演说，他的威胁使他们感到从未有过的恐怖。他说人们如果顺从他的话，他将做出一些有利人民的改革，但是对敌人一个也不饶恕，并将以最残酷的手段来对付他们。他说完这些话之后马上宣布大约四十名元老和一千六百名骑士为人民公敌。他在罗马广场上一天接一天地公布一批又一批的名单，他似乎是第一个把所要惩罚的人列成正式名单的人，宣布暗杀这些人有赏，告密这些人有奖，隐藏这些人受罚。他们的财产可以没收，他们的公权可以被剥夺，他们的生命没有保障。这些人中有的在他们的住所里、在街上、在神庙里被杀掉了；有一些人则被从半空中掷出，抛落在苏拉的脚下；另一些则被拖过城市，受人践踏，旁观者没有一个敢出声。密探们到处搜寻那些从城里逃出来的人，那些曾经和马利乌斯有关系的人们有很多被杀、被逐、被法庭判以极重的刑罚。甚至连款待客人、私人友谊、借贷金钱都被看成是犯罪行为，常常有人只是对一个有嫌疑的人做了一点好事甚至仅仅因为是旅行中的同伴而被捕。用这种办法苏拉搞掉了他的几千个敌人。现在他可以大权独揽了，立宪、立法、司法和军事的大权全都集中在他一人手中，他成了一个货真价实的独裁者。

他压制了罗马城内的一切，以适应他自己的利益，再也没有法律、选举或抽签的必要了，人人都因害怕而战栗，隐匿不出或缄默无言。他作为执政官或代执政官时的一切都被批准和追认。他的镀金铜像竖立在讲坛前面，上面铭刻着：永远幸福的科尼利阿斯·苏拉。因为他对付他的敌人时，从来没有失败过，所以谄媚的人这样称呼他。苏拉成了事实上的国王，当然不是由选举产生的，但他还是要做成是被选举的样子。他向人民陈述他的意见：主张应该恢复独裁官的职位，罗马已经有一百二十年没有设立独裁者了。他对人民说不要设定独裁官的任期，他毫不隐讳地公开认为他在这个职位上能对罗马做出最大的贡献。无奈的罗马人只能欢迎这个伪装的选举，作为他们自由的外衣，推选苏拉当他们的独裁者，他想当多久就当多久。于是苏拉的任期就成了无限期的，但是他却维持着共和国的形式。

作为独裁者，他有二十四个侍从肩扛斧头走在他的前面，正如古代国王的二十四把斧头一样。他从骑士中选了三百个人为元老；从被他宣布为公敌的人的奴隶中选择了一万多人为平民，给予他们自由和罗马的公民权，并依照他自己的名字称他们为科尼利阿斯，用这种方法拥有了死党。他把从各城市夺取的土地分配给他部下军团的士兵，这样他又拥有了广大的群众基础。

他的亲信琉克利喜阿斯自恃对他有功，不顾苏拉对所担任职务的限制规定，擅自提出自己做执政官的候选人，公然号召人民支持他。苏拉在劝说他无效后便愤怒地把他杀死在广场中央。他召集人民集会对他们说："公民们，你们要知道，从这件事里得到教训，我杀死琉克利喜阿斯是因为他不服从我。"他说了一个寓言："有一个农民在犁田时被虱子咬了，他停下活来两次抖虱子，当虱子再咬他时，他就把衣服烧了。我告诉你们，如果你们让我抖了两次的话，第三次我就要动火了！"

　　但是公元前79年，当罗马人为了讨好他再度选他为执政官时，他却宣布退位。这一突然的行为使所有人大吃一惊。苏拉是第一个把已经拥有的广泛权力退还给他所残暴地统治的人民的。在他夺取这个权力的过程中他冒了许多危险；当他登上权力顶端的台阶时，十万青年死亡了；在他的敌人中，他毁灭了九十名元老、十五位与执政官职位相当的人和两千六百名骑士。这些人的财产被没收，尸体被抛掷。他居然不怕这些人在国内的亲友、在国外的流亡者，不怕那些土地、金钱和荣誉被一扫而光的城市，忽然放下了他的权力，宣布他只是一个普通公民了。这位退位后的独裁者开了政治家退休后一心一意地撰写回忆录的先河。他遣散他的那些带斧头的侍从，也不再要他的卫队，在一个长时期里，他只带少数朋友步行走过广场。甚至在那时候，罗马人还是带着恐惧看着他。但是有一次，当他回家时，有一个青年向他辱骂，因为没有人出来制止，这青年竟然跟着他一路骂到家。苏拉虽然以最大的愤怒报复过反对他的人和政权，但是这次却以镇静的态度忍受这个青年的辱骂。当他走进屋子时，说了一句意味深长的话："这个年轻人将使以后任何掌握这个权力的人再也不会放弃它了！"

　　苏拉是一个专横而能干的人。他在闲居时向往最高权力，在得到了以后却又主动回到闲居生活，在他的庄园里以打鱼狩猎和写回忆录来消磨他的生命。那时候他的身体还是相当好的。或许这个得到了最高权力的人厌倦了权力本身？有一天他做了一个梦，在梦中他看见他的保护神来叫他上路了。早上他把这个梦告诉朋友，然后就开始写遗嘱，写好封起后，在傍晚时发了高烧，半夜就死了。终年六十岁。他号称"幸福的苏拉"，如果这幸福意味着他既能举起权力又能够把它放下的话，倒是名副其实的。

关于如何处理他的遗体问题发生了争议：有的人建议把他的遗体游行整个意大利，然后陈列在广场上举行公葬。也有人反对，但是反对无效。于是在送葬队伍的最前面，高举着他生前统治时用过的旗帜和权标，当遗体运至罗马时，后面跟着一个巨大的行列，仓促造成的两千多顶金冠、各城市以及他所指挥过的军团和他的朋友个人所送的礼物都抬在行列之中。带着金边的军旗和镀银的盾牌卫护着他。有无数的吹鼓手轮流奏着令人感伤的调子，永别了的声音首先由元老们喊出来，接着是骑士和士兵们，然后是平民。有些人是真正地怀念他，另外的人则害怕他留下的军队和他的遗体，正如他活着时一样怕。即使他已死了，他仍是可怕的。

许多日后的历史，其实先前都曾经大致不差地上演过。

在苏拉之后登上政治舞台的不是一个人，而是两个：克拉苏和庞培。

克拉苏和庞培都曾是苏拉部下的将军，这两个人都镇压过斯巴达克斯的奴隶起义，在军事上都有着显赫的战功，在政治上也都有着超过苏拉的雄心。为了获取更多的权力，这两个人之间做了一笔交易，用他们打了胜仗的军队威吓元老院，使得他们当选为公元前70年的执政官。精于经商的克拉苏因贩卖奴隶、经营银矿和罗马地产上的投机而富甲天下。而庞培则在执政官任期满后留在罗马逡巡不去等待着获取更大的权力，显然有任期约束的执政官的位置已不能满足他对于权力的雄心了。公元前67年一位保民官强迫公民大会授权庞培解决海盗问题。庞培不负众望，在三个月内便扫清了海盗出没的海域。公元前66年又一位保民官授权庞培指挥对小亚细亚的米特拉达特的战争，并授予他组织整个罗马共和国东部防务的全权，他又在战场上赢得了辉煌的战绩。他以常胜将军的威名回到了罗马，此后的十年是他在意大利权势显赫如日中天的时期。庞培是一个好大喜功特别喜欢凯旋仪式的人。早年他奉苏拉的命令从马利乌斯余党手中收复西西里和非洲，还没回到意大利就要求罗马为他举行凯旋仪式，他拒不解散自己的部队，全副武装地出现在罗马城下，迫使苏拉只好答应他的要求。他在进行了对西班牙的征服以后回到意大利，表面上是为了协助镇压斯巴达克斯的奴隶起义，其实又借此要挟罗马为他举行了一次凯旋庆典。如果说克拉苏更看重的是金钱的话，庞培更看重的则是名声。当然他们两人都敏锐地注视着获取更多更大的政治权力。庞培想让罗马各个阶级都承认他是第一公民，这次他又要求为他举行第三次凯旋庆典。但是他在其他方面的政治要求却遭到了贵族们的抵制。他向以雄辩之才赢得执政官地位的西塞罗求取支持，西塞罗却并不帮助他。于是他想在克拉苏之外再找一个政治上的伙伴，由三个人的同盟与共和派的贵族们讨价还价会比两个人联手更有力量，他找到的这个人是尤利乌斯·恺撒。但是他和克拉苏都没有料到这个年轻的政客将在历史上占有多么重要的地位，等他真正了解到恺撒的力量的时候，庞培连伤心也来不及了。

公元前61年，庞培、克拉苏和恺撒结成非正式的秘密同盟，被称为三头政治。庞培是军事上的英雄，克拉苏是富有的资本家，恺撒那时候除了他的才能之外还没有十分显赫的东西。他们的前辈苏拉自称为"幸福的苏拉"。他授予庞培的称号是"伟大的庞培"。人们把克拉苏叫作"富翁"。恺撒那时候还没有什么封号，但是要不了多久仅仅他的名字就使所有那些封号都相形见绌。克拉苏有钱，庞培有名，恺撒有的却是智慧，再加上雄心。那时他是四十而不惑的年纪，是一个有影响的政客，一个有成就的演说家和法律家，还是一个有经验的军官。他当然也是出自名门的，他的姑母曾是马利乌斯的妻子；他的女儿是庞培的妻子；他的妻子是著名的民主派领袖秦那的女儿，因而在政治上他站在民主派一边。苏拉曾经命令恺撒和他的民主派妻子离婚，恺撒断然拒绝，为此差一点丧失了财产和生命，只好离开意大利到亚细亚省和西利西亚地区担任军职，在苏拉死后才回到罗马开始他的政治生涯。他投身政治既不像克拉苏那样是为了得到更多的金钱，也不像庞培那样是为了赢得更大的荣誉，他想取得的是权力本身，以便使他能够按照自己的理想来改造治理不善的罗马共和国，并在希腊—罗马世界建立更好的统治秩序。他向爱好名誉的庞培做出让步，同意取消他本该也享有的凯旋仪式，以免分去庞培独享的光荣，但条件是必须保证他当选公元前59年的执政官。他的目的达到了。作为执政官，恺撒成功操纵了一些法案的通过，包括给庞培的老战士们以公共土地，批准庞培在亚洲的活动，减轻克拉苏一派的包税人应向国库缴纳承包亚洲收税特权费的三分之一，等等。

这三个人进而利用他们手中的剑瓜分罗马世界。恺撒分到西部，克拉苏分得东部，庞培则得到了中部和南部。在这期间恺撒带兵去征服高卢；克拉苏出征波斯以期取得富饶的东方世界的金银财宝；庞培则坐镇罗马，统率意大利的军队和地中海的舰队。

恺撒在高卢的功勋是他统治罗马世界的基础。他征服和安抚了一个又一个部落，建筑了一座横跨莱茵河的桥梁，挡住了日耳曼人对边界的侵犯，两次渡海出征不列颠，并用流利而简洁的文字写下了他的业绩。

他把自己五年高卢总督的任期延长到了十年，他的军团实力在作战中不断增强，他把罗马的边界向北推到莱茵河，向西推到大西洋，为罗马赢得了一个地域广阔的行省，名叫阿尔卑斯北高卢。

但是恺撒的成功使得"伟大的庞培"越来越不安了。庞培现在是唯一的执政官，他想当罗马至高无上的君主，却既没有把握政局管理国家的能力，又不好意思公然撕掉共和派的面具，只好让元老院任命他为"没有同事的执政者"，用这个比独裁者更冠冕堂皇的称号来过一下荣誉的瘾。他意识到了恺撒在政治上的威胁，企图剥夺恺撒在军事上和政治上的权力，于是争雄变成了敌对。在庞培的挑战之下，恺撒带着他征服了高卢的士兵向罗马进军，当行进到鲁比康河边时，恺撒在河边踌躇了一下。这条小河是旧日罗马的北方边界，越过它就意味着向罗马宣战。而此时掌握着罗马的庞培正和元老院联合在一起反对他这个不服从中央政府的叛逆。

三头政治的另一个巨头克拉苏现在何在呢？他的嘴已经不能再对罗马的局势说点什么了。克拉苏在波斯的沙漠上打了致命的败仗，做了俘虏。波斯人听说这位前来亚洲夺取财宝的罗马统帅爱金如命，就把熔化了的金汁灌进了他的喉咙。三巨头中只剩下了两个。

恺撒在鲁比康河边只犹豫了一小会儿，就跨上战马高呼："骰子已经掷下去了！"他跃过鲁比康河向罗马挺进，身后紧跟着他的军团。

在恺撒的进逼下，庞培决定带着元老院撤出罗马。他的军事才能没有表现在阻挡恺撒的进攻上，却表现在了有条不紊地把他的全部人马都装上船撤出了意大利半岛。他的战略是放弃罗马和意大利，靠海上的优势和东方的力量困死恺撒。但是他的算盘打错了。恺撒冒险渡海到希腊去追击庞培，有一个时刻恺撒在庞培的海陆优势下几乎已陷入绝境。命运已经向庞培微笑了，他决定和恺撒一决雌雄。可是这位常胜将军这一次却抓错了机会的把手，命运之神向他别转了笑脸，在法萨卢斯一战中这位庞大虚肿的将军被他精练强悍的对手打得一败涂地，竟丢下他的军队，抛开他的绶带弃职而逃。他渡海逃到了埃及，希望在那里重振旗鼓。但是埃及国王托勒密却不希望为了一个落荒而逃的败军之将得罪那个已把罗马抓在手里的新长成的巨人。在庞培的脚刚刚从小船踏上埃及的土地，他的背后就挨了一刀子，他的太太和儿子在船上只能眼睁睁地看着这一场谋杀，杀他的人是曾经跟着他作战的老部下。"伟大的庞培"在他没有想到的地方画上了句号。这个句号是脑袋被割掉以后脖子上留下的断面的形状。而十年前的这一天，正是他战胜密特拉达特在凯旋仪式上光芒万丈地进入首都的日子。

绝无仅有的恺撒

现在，三个巨头中只剩下了一个，我们可以把目光集中地投到这个人身上来了。

尤利乌斯·恺撒，不仅在他那个时代是最为出类拔萃的人物，把人类所有时代的所有统治者都放到一起，你也可以一眼就看到他那个因为谢顶而发亮的脑门。

对于这个奠定了古代西方世界政治格局的非凡人物，一般的中国人知之甚少，只知道他是一个古代罗马的独裁者，于是想当然地就按中国人的习惯把他称为恺撒大帝，其实他只是一个终身执政官而已，称为大帝的是他的后继者屋大维。还有人认为这是一个以权术著称的阴谋家，他在从政初期倒是利用他的聪明搞过一点蛊惑煽动之类的事，但一当正式踏上政治舞台之后，便以彻头彻尾的君子风度按照政治家的游戏规则行事，从不干偷鸡摸狗和背后捅刀子的勾当。

对于许多著名的历史人物，你往往只用一个词就可以说出他的主要特点。比如秦始皇是残暴的，项羽是迂腐的，刘邦是狡猾的，荆轲是刚烈的，张良是胸有城府的，萧何是明哲保身的，汉尼拔是坚韧不拔的，费边是老谋深算的……而恺撒，则无法用这类定向性的词来概括，如果一定要概括的话，那么只能说是无与伦比的。这位恺撒，是整个古代希腊—罗马政治文明的集大成者，是古代世界的最后一个完美的成果，西方古代世界遵循这个人所设计的道路，一直走到了现代。

人的灵魂是附着在肉体上的，恺撒有着一副在以健壮敏捷著称的罗马人中也足以自豪的身体，在剑术和骑术上，他可以和最好的战士相比，他的游泳技术曾在他最危险的时刻救过他的命，他的行动迅速使得他率领的军团也同样行动迅速，兵贵神速这一点往往决定了他在军事上的胜利和政治上的成功。

人的肉体也是需要灵魂来支撑的。恺撒出身于罗马古老的贵族世家，他的年轻时代也和其他典型的贵族青年一样度过，尝过各种时尚生活的甜汤和苦酒，受到过喝彩也遭到过诋毁，写过无病呻吟的诗句也在各色各样的女人身上打过滚，梳理过种种纨绔子弟的花哨发式，精于永远借钱而从不还钱的巧妙办法。如果没有一个坚强而所望甚高的灵魂的话，他那副好皮囊也会像其他贵族青年一样在浮华中衰老、臃肿，最后毫无价值地烂掉。但是恺撒却没有，在经历了酒池肉林之后，身体和心灵依旧保持着良好的弹性。并且在激烈而残酷的政治倾轧中，心中仍能保存有正常人的那份温情。这份温情甚至反过来软化了政治的硬度。歌、爱、诗、酒这些东西曾经都包围着他的心灵，但是却渗不进他灵魂的核心。他灵魂的核心是一个巨大的抱负：要把已经锈蚀、残损、退化、衰败的希腊—罗马世界熔化掉，然后按照自己的理想重新铸成一座千古不朽的铜像。为了这个目标，他把自己身上的所有奔放的热情都结晶成为明澈的理智，把一个充满理想的恺撒造就成为一个彻底的现实主义者。

以冷静的明智引导行动，这是他天才的核心。他鄙弃一切空想的理论，热切地生活在现实之中，不被回忆所牵挂，也不被向往所分心，任何时候都可以全力以赴地投入行动。他的天才既可以构想宏大的规划，也可以进入细小的工作，不论逆境顺境，永远镇定自若，部署他的战役，口述他的著作，实行他的策略，施展他的计谋。恺撒以他冷静的明智赢得了他想得到的一切。

恺撒登上罗马的政治舞台时，罗马共和国已经存在了五百年。罗马人仍在为他们的共和体制而骄傲，但是这体制已被贵族的把持和党派的纷争弄得风雨飘摇千疮百孔，在一个又一个独裁者上台又下台的动荡中，气数已近尾声了。作为政治家的恺撒抱有着当时的人所能抱有的最高目标：使自己的这个既令人自豪却又已病入膏肓的国家以及那个与自己的国家紧密相关的更为腐败的希腊民族，在政治上、军事上与道德上新生。他知道对旧有体制进行修修补补已无济于事，这个古老的世界需要一个充满理智的使它能够清醒的大脑，而这个大脑既不可能装在克拉苏那个装满金钱欲的脑瓜里，也不可能装在庞培那装满了名望欲的头颅中。他要把自己的意志变成罗马的行动，就必须首先成为罗马的神经中枢。

恺撒是一个天生的政客，却不是一个天生的军人。虽然他在军事上的建树前可以与亚历山大和汉尼拔比肩，后可以和拿破仑并立，但将军对于他来说只不过是副业，政治家才是他立身的根本。一个把副业干得比最成功的本色军人也毫不逊色的人，那么他的本业就很少有人可以望其项背了。他的具有鼓动性的演说，他的条理清晰的文笔，都是他作为政治家的良好本钱。在最初十八年的政治生涯中，他本想像历史上最著名的政治家伯利克里和葛拉丘一样，不用武力而达到目的。在这期间他身为人民派的领袖，限制自己只用非军事的计划与谋略。可是在他四十而不惑时终于很不情愿地意识到，再雄辩的舌头也锋利不过剑尖，于是他不得不把武器当作自己的工具，而当他的手一旦握住了剑柄，他的所有才能也都穿上了军人的铠甲，从此锐不可当所向披靡。他一旦成为军人，就比所有的职业军人都更为出色。

恺撒以他自己的方式来组织他的军队，他训练士兵的力量和速度，更以高超的指挥艺术来激发他们的勇气，在他的统率下，连活力最弱的分子都渴望达到最高的英勇标准。他用以消除士兵恐惧的一个有效的偏方是不让他们知道战斗即将来临，使他们在还来不及感受恐惧时就以受到刺激的本能来应战。他知道勇武必须与服从合为一体，他的命令严明而简洁，面对敌人时军法如山，胜利之后则可以适当地放松缰绳。他的士兵骁勇善战而又心甘情愿地服从，只有军事天才才能发动并驾驭那部由钢铁和血肉组成的战争机器。他做他们的楷模，给他们希望，最重要的是他使他们感到知遇之恩，使他们觉得在他的军旗下生得其所，因此为他战死也是死得其所。一个统帅要求士兵勇敢，他必须自己也勇于面对危险，身为将军的恺撒在战场上也能找到抽出剑来的机会，并把它挥舞得像最优秀的战士一样出色。在行动与耐劳方面，他对自己的要求还远高于普通士兵。

自然，胜利的成果主要是归于将军的，但恺撒知道必须使他的士兵也抱着希望，胜利不是与他们无关的事，他们也将从将军的胜利中得到个人的利益和丰厚的犒赏。恺撒懂得一般人是注定要服务于能者的，他懂得使用这部大机器中的每一个零件，使它跟随主轴，为了全体的利益而转动。即使是最卑微的士卒，恺撒也绝不让他们空流一滴血一滴汗，在必要时却必须无条件效忠直至掷出生命。恺撒不认为普通士兵有必要知道全盘的行动计划，但他允许他们对政治与军事的基本关系有所了解；恺撒并不虚伪地认为士兵和将军能够平等，但他把他们当作有权要求明白事情的真相，并有能力忍受真相的人，使他们信赖他们的将军，而不用担心会被上面所欺骗。他的士兵和他并肩作战出生入死，他以他特有的活力与他们真诚相处，并把他的活力传给了他的军队。

与恺撒相反，庞培是一个天生的军人，却不是一个天才的军人。他的一系列辉煌战绩在他如日中天时似乎足以证明他是一个军事天才，但在他日落西山时人们才看出那更多的是由于命运的垂青。一旦他的幸运结束，他的命运也随之结束了。萧伯纳说："正当罗马人在新旧罗马之间徘徊的时候，他们中间出了一位英雄的军人，那就是伟大的庞培。军人的道路是死亡的道路；而神的道路却是生命的道路，因此神走到自己道路的尽头时是智慧的，而军人走到他道路的尽头时却是个傻子。"庞培是一个性格上充满矛盾的人物，他既想当罗马的主宰，却又装模作样地在维护着已经破损不堪的共和的招牌；他既想得到更高的荣誉，却又腼腼腆腆地不好意思自己开口索取；他一心想握有更大更多的权力，却完全不懂得如何使用权力；他军人道路的尽头通向的是政治独裁者的宝座，但他却缺乏政治能力，他只懂下令，不懂治理，他的不知所措的统治导致罗马进入了一个乱哄哄的无政府状态。当他以至高无上的地位端坐在罗马共和国的顶端的时候，他拥有国家、军队和法律，可以自行选择退休的时间。而恺撒只是一个在外面的总督，在阿尔卑斯山的另一面作战以确保庞培的统治不受干扰。

但是恺撒在高卢的胜利光辉使得庞培头顶上的旧桂冠开始黯然失色了。这对年迈的女婿和年轻的岳父的政治联盟已从内部开始崩溃。恺撒的目标已经不是共和体制的修改，而是它的结束。而庞培只有在共和体制的扶手椅上才能坐稳自己的屁股。对其他贵族们来说，他们原先是不能忍受庞培的大屁股坐在他们的肩膀上；但是当他们发现恺撒比庞培更危险时，他们宁愿扛着庞培的大屁股和他一同来对付恺撒。旧的共和国已成为一杯被各种成分调得乱七八糟的鸡尾酒，罗马人如果不想皱着眉头品尝它的苦涩的话，就只有一横心把它泼掉。新酒是有的，那就是恺撒。但是罗马人还不敢接受，他们怕这烈性的酒会改变他们原有的饮酒习惯。

恺撒并不是一个为了谋取王权而不顾其他的人，在他个人利益之上的永远是国家的利益。如果共和国的旧靴子缝缝补补还可以穿的话，相信他会是一个很好的皮匠。但是这只曾经走过光荣道路的旧靴子如今靴帮已开裂，靴底也已脱落，再穿这样的靴子已不可能像模像样地走路了，明智的做法是下决心把它脱掉。这就是为什么一个民主派的领袖后来却成了君主制的肇始者。当所有恺撒的部下都成为恺撒派时，恺撒说："恺撒自己并不是恺撒派，只要罗马是真正的共和国，恺撒就会是头一个共和派。"可是当旧共和国的权杖已经在贵族和元老们的手里烂掉了的时候，他决定用自己的剑柄来取而代之了。为了这个目的，他曾经以自己的实力慷慨地支持过庞培。当摄政者庞培在元老院面前遭到一连串挫折时，他向恺撒求助。而在与庞培的较量中占了上风的贵族共和派们乘机想把因为战功而骑在他们脖子上发号施令的摄政者统统赶下台去。

贵族们向摄政者扔出手套促成了三头联盟的形成。恺撒在鲁卡与克拉苏和庞培会面商议国事，决定权操在恺撒手里。有一百二十名他们的支持者和两百名元老参加了会议，与罗马城里的元老院分庭抗礼。恺撒用他的杠杆撬动巨石，以高超的平衡技巧巩固了现存的联合统治。他们以实力分配了国家的权力，庞培和克拉苏被以人民的名义指派为西班牙和叙利亚的总督，任期五年，各有适当的军事与经济的援助；恺撒则要求把他在高卢的统率权延长到公元前49年，并把他的兵力扩充到十个军团。庞培和克拉苏获准于次年第二度任执政官，而恺撒的条件是使他在公元前48年他的总督任期届满之后能够接任最高统治权，因为这已经符合同一人在任两届执政官之间必须相隔十年的规定。庞培与克拉苏在首都急需军队的支持，而恺撒的军团正好派作此用。

恺撒是一个杰出的调酒师，以他的从容配置协调了各派政治力量，使一群刺猬能够抱成一个团来共同对付进攻的豺狗。这次协调并不是各个独立而又互相对立的摄政者们以平等的立足点达成的，而主要取决于恺撒的善意。庞培来到鲁卡时实际上已是一个无权无力的政治难民，来祈求对手的帮助。恺撒可以接受他，也可以甩开他。虽然恺撒给了他和克拉苏足够的支持又让他们互相制约，可是当庞培从一个两手空空的失意者又变为重要的军事指挥官时，恺撒还是有着重大的损失的。或许是亲情使他做了这样重大的让步，因为他的女儿是庞培的妻子，并一心一意地爱着她的这位"伟大"的丈夫，他不忍女儿因为看到丈夫的失败而心碎；但更重要的因素或许还是高卢，在恺撒心目中对高卢的征服绝不仅仅是对罗马疆土的拓展，也不仅仅是他踏上更高地位的台阶，而是为了国家的外在安全和内在的重组。为了不在这段时间里身陷意大利内部的纠纷，他果断地在政治上放弃一部分权力来保证他对于高卢的征服。

如果恺撒除了谋取王位以外没有其他目的，那么这种让步显然是重大的错误。但是这个人的雄心绝不止于称王，他有着同时完成两项艰巨大业的超人胆量——既整顿意大利内部又为意大利文明赢得新的土地。这是一个足够大胆的玩家，需要既对自己充满信心又不把对手放在眼里。这样对权力的分割足以见恺撒的气度与气魄。

贵族们扔出的手套被恺撒风度十足地拿在了手里。贵族们在决斗开始前放弃了对抗，他们没有料到这三个本来有裂痕的人会紧紧靠在一起。在这之前他们操起了武器，只是为了当敌人真正手搭刀鞘时再立马放下。

而这把贵族们放下的决斗之剑后来却由庞培举了起来。

当贵族们对摄政者们的攻击被击退后，摄政者之间的决斗终于要开始了。克拉苏因为贪婪丧命而退出了角逐，使较量只在恺撒和庞培之间进行。后人们能够欣赏到的是庞培气壮如牛的架势和恺撒进退有序的剑法。有一句兵家常用的术语在这里应该反过来讲：后发者制人，先发者制于人。其实关键的问题并不在于先后，而在于对阵双方武艺的高下。

在鲁卡会议上，恺撒的让步使罗马再度形成三足鼎立的局面。他要的是征服高卢的时间和精力。但庞培却在心底里不是一个真正的合作者，他狭隘的心胸容不得恺撒光荣，一有机会便想褫夺恺撒在政治上的平等地位。当恺撒的女儿、庞培的妻子朱莉亚和她的儿子不幸病故以后，这一对各有想法的翁婿之间的关系注定要结束了。恺撒试图重建这种联姻关系，提出把他的大外甥女嫁给庞培，并求娶庞培唯一的女儿。庞培拒绝了，续娶了另一个名门望族西庇阿的女儿。私人关系的破裂导致了政治上更严重的对立。

克拉苏的死使庞培得到了独自执政的权力，他对首都的影响超过了在外面当总督的恺撒，全意大利的士兵都以他的名义宣誓效忠。他决定与恺撒尽快地正式决裂。在下一任执政官人选上，他出卖了他曾许诺过的前岳父恺撒，而选择了新任岳父西庇阿。他要拆毁恺撒的根基，最后把他赶出统治圈。但恺撒仍在做着避免内战的努力。他显然更希望在元老院的讲坛上和人民集会的广场上兵不血刃地战胜庞培而不是在战场上用士兵们的血来达到这个目的。他想用政治的办法为这个笨拙、犹豫而傲慢的对手找到一个光荣而又体面的位置，使他慢慢地沉入貌似伟大的无所作为之中。那时候共和派的抵抗也会渐渐衰弱，权力的和平过渡不是没有可能的。正面的冲突延缓一天，他离成功就更近一步。他唯一不能让步的只有一点，在公元前49年当他的高卢总督任期届满之时，他能得到执政官的职务，这既是法律许可的也是庞培允诺的。但是庞培却迫不及待了，在恺撒还没有得到执政官的任命之前就想拿走恺撒手上的兵权。

内战看来已不可避免了。为了将发动内战的责任完全推到庞培身上，恺撒又做了一个令所有人都大吃一惊的重大让步：同意交出兵权，但条件是庞培也必须同时交出手上的兵权。这张牌玩得实在太大胆了一点，他是否真有把握在做了如此大的让步之后仍能克敌制胜？但是以他的一贯风格和品行看，万一他的提案被元老院接受，他是会遵守诺言的。恺撒的信由他的部将安东尼交到了元老院，这封信语气沉重，用词明确，以深入人心的说服力谈到内战的迫切和对和平的希望。这是他最后一次伸出和平之手。

但庞培已决定不惜一战了。他以共和国政府将军的身份迫使元老院向恺撒发出最后通牒，投否决票的恺撒派护民官和元老们在庞培士兵刀剑的威胁下不得不穿上奴隶的衣服逃出城门。

于是恺撒的兵团越过了那条宪法禁止高卢总督带兵越过的窄窄的鲁比康河，他的马蹄震撼了意大利本土。

作为政治家，恺撒最可贵的品质是善于妥协，不走极端。

作为一个统治者，恺撒最可贵的一点则是大度。

在对付他的军事对手庞培的同时，他还在对付着他的政治对手西塞罗和加图。西塞罗和加图都是站在共和派立场上反对个人专权的重要人物，所不同的是西塞罗的膝盖比较软而加图的骨头却很硬。这两个人在民众中都有着很高的声望。对付柔软的西塞罗，恺撒的办法是以胡萝卜加大棒使他臣服而为己用，医为有着很高名望的西塞罗只要肯听话还是十分有用的。在鲁卡会议之后，西塞罗忙不迭地去找恺撒表示痛悔，所用的语言是："我真是一头十足的蠢驴！"一个雄辩的演说家居然能以这样的话来形容自己实在让人吃惊，更为吃惊的是他马上发行了一个关于政治立场的小册子，和他前不久写的共和派立场的小册子完全南辕北辙，但是两种立场全都符合逻辑并且言之成理。这位贵族们反对摄政者的代言人一转身便成了恺撒的喇叭筒，可以想象恺撒看他的目光既是赞许的又是不屑的。赞许的是才华，不屑的是操守。

而对于坚硬的加图，既然恐吓和收买都不会有效果，恺撒则表现出大度的宽容，挨骂固然令统治者不快，但能够允许别人骂也是一种风度。与其把反对派变成殉道者，还不如忍受他们的反对好些。

比加图更难对付的是一些更为年轻的舞文弄墨的人们，他们发表慷慨激昂的捍卫共和制的诗歌和演说，这些诗歌和演说言辞锋利而又才华横溢，诗歌是刺向当政者的匕首和投枪一点儿也没错。恺撒明智地看到不把这种反对放在眼里当然是不可能的，要用一纸命令来禁止它们也一样无效。因此，最好的办法是以个人的关系赢得这些人中最出色人物的友谊，化干戈为玉帛。而恺撒也有足够的资本去和他们交朋友，这个资本不是他在政治上的权威，而是他在文学上的成就，毕竟他的《高卢战纪》是一本相当出色的著作，他是完全可以用这本书来以文会友的。另外作为一个作家的恺撒想必也知道，文学是属于自由的而不是属于权力的，虽然他想尽一切办法要得到权力，在他的心中也依然存在着自由共和国的伟大梦想。他知道一个聪明的掌权者是不应该给文学戴上枷锁的。

恺撒的大度不仅表现在政治上，在战争中也表露无遗。就像一个高尚的剑客即使在生死搏斗中也从不忘记自己的仪表。当他占领第一座意大利城镇阿利明南时，明令禁止士兵携带武器出现在城墙之内，城中不论敌友都受到保护。甚至当他向庞培宣战时投向庞培一方的他的副帅赖宾纳斯留下的私人财产也派人送到敌人的阵营里去。恺撒虽然面临着经济上的困难，却对政敌们的巨大田产丝毫未动，他宁可向朋友借贷，也不征收完全可行的田赋。这个征服者的观点是只有无条件地原谅被征服者，他的胜利才会巩固。当然他的这种宽厚在给他带来好处的同时也会带来危险，由于他对于反对者一直不愿采取恐怖政策，他的敌人便能够既做了反对他的事而又不至于冒险。恺撒在战斗的同时并不放弃谈判的努力。当庞培在战略上已呈败势，恺撒不想再损失自己的兵员，增加两军的仇恨。他派出代表到敌军营阵中谈判投降事宜，当敌方的主战派赶到谈判现场把恺撒的代表全都处死时，恺撒仍能够把来到自己军营中的敌方使者不受任何伤害地送回本营，仍愿坚持和平解决。

恺撒对待有质量的敌人是很有君子风度的，而加图的死也是很有君子风度的。

恺撒进军乌提卡，加图大势已去，他的人开始逃跑，他不阻止任何人，凡是贵族们请求给予船只，他都给。但他本人却坚守着自己的岗位。当乌提卡人要替他向恺撒求和时他微笑着说，他不需要人替他向恺撒求和，这点恺撒知道得很清楚。于是他把所有公用财产加印封记，把各种文书交给当地的行政长官。将近黄昏时他洗了澡，然后坐下来平静地用晚餐，连饭量也一样，不比平常多也不比平常少。他边吃边和身边的人议论那些渡海逃离的人，询问如果不是顺风，第二天当恺撒来到时他们是不是已经走得足够远了。当他退而休息时，也没有什么和往常不同之处，只是抱着他儿子时显得比平常更有感情一些。当他发现他的短剑没有放在床头习惯的那个位置，便大叫是不是已经被仆从出卖给敌人了？他问：如果今夜我被敌人攻击，我将用什么武器来自卫呢？当人们请求他不要自杀，只是睡觉时，他说，如果我愿意死，我不能用睡衣来缢死自己吗？不能在墙上撞碎自己的脑袋吗？直到仆人把短剑送回来，他才安静地拿出柏拉图论灵魂的文章来阅读。他读完了，心想站在门外的侍卫已经睡了，便把短剑刺入腹中。

恺撒说：加图不愿意让他做一件光荣的事，那就是宽恕加图。"加图啊，我以你的死亡羡慕你，因为你以我的安全来羡慕我。"他为没能保住加图的生命而遗憾。但他赞赏加图的只是他的品格而不是他的立场。所以当西塞罗写了一篇《加图颂》时，他又针锋相对地写了一篇《反加图》来驳斥他。

恺撒与庞培的争雄，两个统帅之间素质的差异决定了胜负。恺撒渡海追击庞培冒了极大的危险，因为制海权在庞培手里。在地中海另一边的战场上，他受到海陆夹攻腹背受敌，他的军团丧失了在意大利本土上的优势，几乎陷于绝境。优势下的庞培低估了恺撒的力量，不计一切要与恺撒决一死战，他已做好了俘获恺撒的准备。但历史上的名将似乎都知道置之死地而后生的道理，恺撒背水一战，一战便扭转了局面。

法萨卢斯之战发生于公元前 48 年 8 月 9 日，战场就在一百五十年前罗马人击败马其顿的菲力浦的地方。当年那一战决定了罗马对东方的统治权，而现在的这一战则决定着谁拥有对罗马的统治权。庞培的优势兵力本来是打算用来清理战场的，却在恺撒军队的打击下因受阻而动摇，因动摇而后退，又因后退而崩溃。虽然如此，庞培的处境还是比在前一战德拉丘姆败阵的恺撒强得多。但庞培和恺撒不同，恺撒知道运气会在某些时刻不辞而别，为的是考验你是否有勇气坚持到它再次回来；而庞培则认定运气女神一旦别过脸去就再也不会回头了。在逆境下，恺撒恢宏的天性只会变得更为强大，而庞培狭隘的性格只能使他沉入沮丧的深渊。庞培第一次渡海是率领他的大军做战略转移，而第二次渡海则是丢下他的大军落荒逃命了。

当恺撒追击庞培到达埃及的亚历山大时，一切都已经过去了。他本想捉住这个他旧日的朋友和女婿，消除他的势力但保留他的生命，甚至还会给这个"伟大"的对手保留一部分无伤大雅的光荣。但是庞培的身体已被焚化，他所能看到的只是托勒密国王派人送给他的，用埃及人制作木乃伊的方法腌制风干了的人头。恺撒厌恶地扭过脸去，对前来向他讨好的刽子手说道："这就是庞培吗？我的女婿，我的老朋友，二十年来罗马伟大的主宰，三十年来百战百胜的将军！我作为一个罗马人，也分享过他的光荣。命运叫我们争夺天下并不是我们自己的意愿。而你们，他的老部下居然用阴谋诡计把这位伟大的罗马公民杀掉了，还把他白发的头颅拿到我的面前，以为我会感激吗？我是恺撒还是一只豺狼？"

接下来在埃及发生的这段故事便变得家喻户晓了，可惜它的知名度不是因为恺撒的雄才伟略而是因为埃及女王克莉奥佩特拉的艳丽和妖冶。

萧伯纳的历史剧《恺撒与克莉奥佩特拉》就是他对这一段历史的理解和再现。这位以尖酸刻薄和毫不留情的辛辣讽刺著称的英国大文豪对恺撒的描写却充满了敬意和温情，这不能不看成是恺撒魅力的一个富有说服力的佐证。对于美丽任性的克莉奥佩特拉来说，恺撒是一个富有魅力的男人，一个慈爱的父亲，一个人生的导师。可惜的是她的本能中更多的是对男人的征服而不是对国家的治理。

剧中有这样一段对话是很有意味的，当风骚的女王想和恺撒调情的时候，恺撒说："我有工作要做！"

女王说："工作？真是胡闹！要记住你现在是国王了，我封的。国王从来不工作。"

恺撒说："这是谁告诉你的，小猫？"

女王说："我父亲从前是埃及国王，他就从来不工作。他把我姐姐的头砍掉了，因为她造反篡了位。"

恺撒说："你父亲正如你说的，从来不工作，而我老是工作。所以他丢了王位的时候，就得答应给我一万六千镒金子，请我帮他把王位拿回来。"

恺撒不是一个对漂亮女人无动于衷的人，他在埃及逗留的那段时间既是为了巩固海外的政治局面也是为了享受爱情。但恺撒不是一个为了女人而忘记政治大业的人，他必须回到罗马整理他的国家，为此他派他的副将安东尼来既接管埃及也接管克莉奥佩特拉。安东尼是一个好军人，好情人，却不是一个好政治家，所以当恺撒死了以后他和埃及女王的好日子也就不长了。

一个好政治家也许会是一个好色之徒，对他喜欢的女人充满温情，却绝不会被女色所左右，女人只是他心灵的休憩之所。

政治家的任务正像恺撒的天才一样广泛，他从事种种事务，每一样都与他那伟大的目标合为一体，这个目标他始终坚守如一，从不让局部有碍整体。他是一个战术大师，却竭尽一切力量以阻止内战，当无法阻止时，则尽可能避免流血。他是军事君主国的创建者，却有效地阻止了军事首脑的继承体制和军事政府。他对科学与和平的兴趣远远大于战争。他尽可能地把政治压迫放到最小的限度。他不愿意当侦探和警察，在法萨卢斯大胜之后部下把从敌司令部里得来的秘密文件交到他手里时，他一眼未看就亲自丢进火里，从而使他自己和他的政府免除了对可疑人物的政治审讯。当部下对他这么做大感诧异时，他说："难道你要我浪费今后三年的时间去通缉这些人并且给他们定罪吗？他们以后也许会成为我的朋友，为了炫耀我能咬着不放就去到处找敌人吗？"

他取得了空前的胜利，却不为战胜了自己的同胞而庆功。他取消了苏拉立下的不适当的法律，可当苏拉的雕像被拉倒后，他下令重新立起，表示只有历史才能评判这样一个伟大的人物。他还常常提到庞培，每次都带着敬意。在元老院复位之后，他下令把被推倒的庞培雕像重新竖起。他没有想到日后他自己就被刺倒在这尊雕像的脚下。

恺撒要的是重整山河的权力，并不是君主所能有的排场。即使身为罗马的绝对主人，他的举止也不过是一个党派领袖，圆通平和，和蔼近人，只是在同僚中居于首位而已。他从不把他军事上的权威带到政治上来，不管元老院的表现多么不称他的心，也没有蛮横地逞过凶。他是一代君主，却从未被暴君的眩晕弄昏过头，他依照他身为统治者的义务行事，或许犯过错误，却从未因为感情冲动和神经错乱而在政治上失足。他的超人的分辨力使他能够知道什么是可能的，什么是不可能的，即使在成功的顶峰上也能识别出成功的自然界限，不去做能力所不及的诱人之举。他知道谋事在人成事在天的道理，有时候不惜冒险孤注一掷，却从不抱怨命运的不公，当他听见命运的劝阻声时，总是恭敬不如从命。所以他只有奥斯特里茨而没有滑铁卢。

这是一个拥有各种特质并能使它们在同一个身体上和谐完美地统一起来的人，有巨大的创造力，有透彻的判断力，有高超的平衡能力，有坚强的意志力，有所有这些力量所形成的合力，充满了共和与民主的理想，却又具有天生的王者风范，一个近乎完人的人。

从这个人的身上，优点和弱点并存的普通人可以看见大自然造物的伟大。它给了我们一个出色的人的标本。

这是一个巨人，又是一个伟人。人们往往把巨人和伟人混为一谈，而不太注意二者之间的区别。世界历史上巨人很多，伟人却很少。做巨人只要有超凡的力量和钢铁的意志，做伟人却还要有宽阔的襟怀和充满同情的没有被力量和意志硬化的心灵。做了巨人的总缺少做伟人应有的

118

仁慈与正直；而具有仁慈与正直之心的人又往往缺乏做巨人应有的力量。巨人都是有铁腕的，伟人的手必须同样有力，却不能有铁的坚硬与冰冷。这种手的力量在于推进社会的前进，而不是阻碍历史的发展；在于激发出社会的活力，而不是压制公众的感情。

恺撒对政敌的宽容并不是出于胜利者的骄傲或妇人之仁，而是出于政治家的深思熟虑。因为对被击败的政敌，最好的最无伤害的处理办法是把他们吸收到国体之内来，而不是把他们排除到体制之外。他的崇高的政治目标需要高质量的人的合作，他那要使古罗马新生的计划需要大量有才华、有教养、有各自优点和禀赋的人的参加。他把对反对派的融合看作胜利的最佳报酬。

一个强大而健康的共和国的理想在一群吵吵闹闹的共和派贵族的手上破坏，却在一个专制君主的手上成为现实，这是一种讽刺还是一个悖论？人和体制到底是一种什么关系？只要这个人身上的平衡有一点被破坏，贤主就很可能成为暴君。但两千年前的罗马是幸运的。历史还会不断地制造同样的人和同样的幸运吗？

恺撒在世时的名号是"终生独裁者"，他拥有权力制定法律宣布法令并根据这些法律统治全国。他以个人的权力取代了共和国时期的权力划分，可以由法案授权决定军事与经济、战争与和平。但恺撒更喜欢的称呼是"国父"。显然他认为他所开创的事业只是一个开始，因为他的被刺，我们无法看到他将如何处理棘手的继承问题，无论如何，他的养子屋大维·奥古斯都的成就还是当得起他的后继者的。但是历史上却有太多的龙种最后都繁衍成了跳蚤，有太多华美的王冠后来都戴在了长满癞疮的头上。以帝王的血统来决定统治权的方法，毕竟不是罗马的方法。

对于统治者来说，或者卑鄙地夺取权力，或者无能地失去权力；或者疯狂地滥用权力，或者软弱地不会使用权力，这两方面的例子在历史上俯拾皆是。而像恺撒那样，在取得权力和保持权力的过程中始终不失君子风度，而且又用智慧和力量把权力使用得恰到好处，几乎是绝无仅有的。这就是恺撒这个人在历史上的意义。

人是历史的坐标，古希腊—罗马的文明最终造出了恺撒这样一个几乎成为完美的人格，或许并不仅仅是为了统治，还是为了做一个榜样。

同样作为一个专制统治的开始，秦始皇和恺撒的意义是大不一样的。西方的坏统治者，或许会从恺撒那里学到一些有益的东西；而东方的好统治者，也许会从秦始皇身上得到一些坏的榜样。东方和西方的政治体制是从秦始皇和恺撒的种子上长出来的大树。从某种意义上说，这两个人的想法和作为决定了两个世界以后的格局。

第五章　思想者

当然，决定日后世界面貌的不仅是统治者的业绩，还有哲人们的思想。

统治者和思想者都是少数。

当一些人把毕生的精力都投入到政治和军事的行动中去的同时，还有一些人把所有心血都注入了枯坐与思考。当亚历山大统率着他的大军挥戈横扫欧亚大陆的西半部分时，第欧根尼却坐在一只木桶里完成着他精神上的超越。他的自信和自尊是如此强大，当亚历山大征服了大半个世界回到希腊，得知了他的盛名屈尊前来拜访，问他想得到什么恩赐时，他只懒懒地、淡淡地答道："请你挪开一下，不要挡住我的阳光。"这句话成了思想者的名言，以至于这句话的光芒似乎比他的整个学说还要明亮一些。就连所向无敌的征服者亚历山大也不得不为这句话所折服，也说出一句光彩稍微暗淡一些的名言："一个人如果不做亚历山大的话，就应该做第欧根尼。"亚历山大是一个十分尊重思想者的统治者，他的老师就是大名鼎鼎的亚里士多德。如果换一个只知杀伐的武夫的话，对待这样的出言不恭，很可能二话不说就拧断了面前这个人脆弱的脖子，让他再也讲不出话来。

亚历山大微笑着容忍了第欧根尼的傲慢。行动者知道思想者的重要。

正是因为有了第欧根尼的榜样，后来的思想者帕斯卡尔写道：

"人不过是一根芦苇，是自然界最脆弱的东西。但他是一根能思想的芦苇，用不着整个宇宙都拿起武器来才能毁灭他，一口气、一滴水就足以致他死命了。然而，纵使宇宙毁他，人却仍然要比致他死命的东西高贵得多；因为他知道自己要死亡，以及宇宙对他所具的优势，而宇宙对此一无所知。

"因此，我们的全部尊严就在于思想。正是由于它而不是由于我们所无法填充的时间和空间，我们才必须提高自己。因此，我们要好好地思想，这就是道德的原则。

"能思想的芦苇——我应该追求自己的尊严，绝不是求之于空间，而是求之于自己思想的规定。我占有多少土地都不会有用；由于空间、宇宙即使囊括了我，吞没了我，有如一个质点。由于思想，我却囊括了宇宙。

"巴比伦河的水在奔流，它冲刷而下，席卷而去。而圣安息山，在那里一切都是稳固的，在那里没有什么会被冲走。必须坐在岸边，不是在其下或在其中而是在其上；不是站着而是坐着；坐着才能谦卑，在其上才能稳固。让我们看看这种欢乐是稳固的还是流逝的吧，假如它消逝，那它就是一条巴比伦的河水。"

历史就是一条巴比伦河，行动者是奋力在河水中弄舟捕鱼的人，而坐在河岸上静静地看着河水流动和流逝的人就是思想者。

一个朝代又一个朝代过去了。各种各样征服者的大军像潮水一样呼啸着涌来又如潮水一般泛着白沫退去时，思想者的业绩却像从海底升上来的礁石和岛屿一样默默地屹立着。

罗丹是用青铜来给思想者造型的——青铜比云石更能体现思想的质感，因风吹雨打而现出的那些美丽锈斑更能显示思想的凝重与深邃；那是一个极其强健的裸体男人——真理是赤裸裸的男性（美感则是赤裸裸的女性）；他坐在那儿——不是站着，也不是躺着，而是坐着；用小臂抵着膝盖支撑起沉重的头颅——沉重是因为装满了思想。这是一个理想的、完美的人的形象。既有精神，又有肉体；他的精神是用他的肉体来体现的。

但我觉得许多靠思想而不是靠气力生活的人并不是这副模样，起码中国的思想者们不是这番尊容。在我的想象里，老子是一个精瘦的老头，只有具有相当悟性的人才能从他那眨巴眨巴的小眼睛里见到闪烁着的智慧之光。他那些并不晦涩的文字被中国人的牙齿后来又加入了外国人的牙齿一直咬到了现在还没有完全嚼烂，被一代又一代靠思想吃饭的人品到现在依然味甘如饴。

庄子不像老子那么瘦，他的头发是有些披散的，不是故意披散，只是懒得去理罢了；他的衣服是飘飘洒洒的，他的身体能接触到足够的空气，他的思想才能愉快地御风而行。天冷时他裹起衣服就像一只蛹，天热了散开衣襟自然就是一只蝴蝶了。

孔子的事业决定了他要和达官贵人打交道，打这种交道老子和庄子的模样都不太合适，所以孔子的形象应该是比较富态的，他的衣冠也会尽可能地讲究，因为他一生追求的就是秩序，而秩序也应该在衣冠上体现出来。

其他诸子们，墨子一定很黑，他和农民一样干着田间的活儿，只是歇下来才研究他的学问；阴阳家总带着一脸鬼气，而这脸鬼气吸引着想和鬼神通话而又不会鬼语的贵人们找他们算命；名家一副白白胖胖闲来无事夸夸其谈的样子，而一旦和人争论起某个字来，便面红耳赤地咬住对手不放，非要别人服输不可；法家则是一脸肃杀的气氛，认为只有靠刑的力量才能使天下太平，考虑着下一个该用谁来开刀……春秋战国时期的那种百花齐放百家争鸣的局面，那种不管大狗、小狗、家狗、野狗、长毛狗、短毛狗、水平很高的狗和水平一般的狗都那么自由、那么自信、那么自在自得地叫出自己声音的情景真是让人神往。当一个时代的人们各自为政各有所为的时候，他们的想法也是各形各色、各种各样的。那时候的土地有着各种大大小小、深深浅浅的缝隙可以让人躲藏，不愿意为官从政的人，可以遁入山里林间去当一个隐士。那时候的天空也不是一个一阴俱阴一晴俱晴的整块，东边日出西边雨，你不喜欢这个君主，还可能想办法跑到另一个王侯那里去寻求发达，孔夫子就带着他的弟子们一个又一个地跑了不少国家。

但后来天空渐渐凝固了，大地也慢慢板结了。统一了天下的皇帝像一个辛勤而又认真的农夫，开始来清理他的田地了，铲除各种各样他认为是莠苗的藤蔓花草，只留下一两种他认为是良种的庄稼。思想者们的日子开始难过了。有一些珍奇的种子不能再发芽，有一些种子发了芽但也只能按照土地的主人喜欢的样式生长了。

秦汉是一只大筛子，春秋战国时代的诸子百家被这个时代狠狠地筛过了之后，就只剩下了两种：儒和道。而那曾得势于一时的法家，他们的血肉都留在了那只大筛子上。从某种意义上来说筛子的主人就是用了他们的筋骨来做成那只思想之筛的。

历史对思想者往往非常严酷。

当一个时代掀动了大地，把全社会的所有人都主动或被动地投入一个巨大的动作中去的时候，它当代的思想就被无情地挤扁了，它只是在实践上一个时代的某种思想。

秦朝是一个为了实现统一而竭尽全力行动的时代，这种不顾一切的行动决定了它那个时代思想者的命运。韩非和李斯，那个时代仅有的两个可以和上一个时代的思想者在学术上比美的人，都被时代的大潮投入了行动，最终都被卷入了历史的轮轴，成为行动的润滑剂和牺牲品。

司马迁的《老子韩非子列传》把这两个人物放到一个传记里来写，我觉得是一个错误。韩非子是从老子那里学到了一些东西，但老子重的是道，而韩非重的是术。一个是本，一个是末，以术取代道，以末否定本，其实已是在反其道而行之了。韩非子的睿智有些像老子，但他们在世间立身的位置却大不一样，老子是把自己的思想放在了大地上包括王宫在内的一切建筑之上，而韩非子却把自己的思想恭恭敬敬地献在了帝王宝座的阶前。他陷身在了河流的浊水里，而不是坐在河岸上。他没有老子的明智和超脱，超脱和明智常常是互为条件的。正所谓当局者迷，旁观者清。他也说不出第欧根尼对亚历山大说出的那种话，因为他有求于君王，希望君王用他。一个思想者往往在被用的过程中丧失了自己。一种理想也往往在不择手段的实施中遭到扭曲。为了保持一种思想的纯洁，也许必须拒绝权势和功利目的的介入。

"请不要挡住我的阳光。"能否对最成功、最有力的行动者说出那样的话，决定了一个思想者的质量。

经过了焚书坑儒血与火的磨难依然流传了下来的儒和道，成了中国文人非此即彼的两种精神选择：或以入世的态度做官；或以出世的态度做梦。

儒家的存活，是因为适应了另一种帝王之筛的需要；而道家的不死，则是一种中国人特有的生命观和生命力的体现。

在老子的格言中，我们看见的是一种辩证的智慧；在庄子的寓言里，我们感受到的是一种放达的人生观；在孔子的教诲中，我们敬佩的是一种建立秩序的努力；而在孟子的言行里，我们赞赏的是一种德行的光辉。

等到后来佛教的传入，中国的文人又多了一种精神选择：以救世的态度做人。他们从佛陀身上看到了一种彻悟生命的境界。于是儒道释，成了稳稳地固定中国人精神状态的三根支柱。埃及人的金字塔是石块垒起来的，而中国人的金字塔则是思想者们的方块字所垒成。

伟大的事物总是有其相似的地方。虽然东方和西方互相隔绝着，但面对永久性的问题时，人类的举动却没有太大的差别。不管是东方还是西方，行动者们做的是类似的事业，思想者们思考的问题也是大致相同的：物质世界的起始和终极？人生的意义？幸福何在？如何才能参透生死？

古希腊哲学家认为自然界是由水、火、土、风这四大元素构成的。在浏览世界历史的时候我突然产生了这样的想法：整个人类世界也是由不同的元素组成的，有的民族属土，有的民族属水，有的民族属风……这想法自然很荒唐并且不科学，但是对我却有一种吸引力——罗马是一个被地中海包围着的世界（意大利、西西里和撒丁岛），罗马又是一个包围着地中海的世界（罗马帝国），它的生存发展和民族性格都和海有着密不可分的关系，意大利半岛那只几乎踏遍了全世界的脚就是立足于海洋中的。一个没有地中海的罗马是不可想象也是不能存在的。

而华夏民族则是一个实实在在的属土的民族。它繁衍于黄土，生长于黄土，自信、自满、自足于黄土，虽然它的东面就是海洋，但它的脚步几乎从未跨出过黄土。就连使它的古代文明发祥的那条伟大的河流，河水中也饱含着沉重的黄土。

　　在华夏的北方和罗马的东方，是属风的匈奴民族。

　　如果也有属火的民族的话，我想那是非洲和美洲大陆上的黑人和印第安人。但在那时的世界上还没有人发现他们的火光。

　　火的民族是属于太阳的；水的民族是属于海洋的；土的民族是属于田地的；风的民族是属于草原和沙漠的。

　　属土的民族和属水的民族是适宜于生长思想者的民族。比之于土和水，风是太强大了，而火是太不稳定了。没有听说匈奴人有什么出名的哲学，他们拥有的只是行动，足以摧毁其他民族抵抗的强有力的行动。司马迁在《匈奴列传》里把这一点认识得很清楚：他们的生活就是随着牧畜的活动在迁徙，不断寻找有水和草的地方。他们只有地盘，没有城郭，没有可耕种的产业，没有文书，只用语言作为交流的工具。人们从小就能骑羊，会拉弓射鸟和老鼠；稍微长大一点就能骑马，射杀狐狸和兔子充当食物。男人的力量都足以拉动强弓，跨上马便能疾跑如风。他们的习俗是：比较宽和的，便以畜牧打猎为生；比较强悍的，就人人学习攻战的本领去侵占别人，这是他们的天性。作战时，只要顺利，就继续进攻；不利，退却也无妨，并不认为逃跑是可耻的事情。只要有利，他们是顾不上什么礼节的。从君王到百姓，人人吃的都是畜肉，穿着兽皮。年轻力壮的吃好肉；年老体弱的便吃差一些的。他们看重体魄强健的人，轻视年老体弱的人。他们在伦理上没有那么多讲究，父亲死了，儿子可以娶后母当老婆；哥哥死了，弟弟可以把嫂子娶过来当妻子。这是一群重力量并主要是靠着蛮力为生的人们。即便有思想，那也完全是为了实用的目的。

匈奴的冒顿单于的行为方式再好不过地说明了这个剽悍民族的性格。

冒顿本来是头曼单于的太子，后来因为头曼宠爱的阏氏又生了一个小儿子，打算杀掉冒顿，立小儿子当太子，便派冒顿到月氏去当人质，并在他去当了人质以后起劲地攻打月氏，想让月氏杀掉这个人质。冒顿盗了一匹良马逃回匈奴，头曼不得不欣赏他的勇敢，便命令他去率领万人以上的骑兵。冒顿独自制造了一种响箭来训练他的士兵，下令说：凡是响箭所射向的目标，不跟着射者便要砍头！于是便去射兽打鸟，不从者斩。不久，他用响箭射杀了自己的坐骑，左右有人不敢跟着射的，便被二话不说地杀掉。又过了一段时间，他又用响箭射杀了自己宠爱的妻子，不敢跟着射的人又被杀掉。再过了一段时间，他用响箭射杀了他父王的良马，手下没有敢不跟着射的。他知道他的行动已经有了足够的力量，于是把响箭对准了自己的父亲头曼单于，并且杀尽了后母和弟弟，自立为单于。

冒顿成为单于以后，当时东胡很强盛，听说冒顿成了王，便派使者对冒顿单于说：想要得到头曼单于在世时骑的千里马。冒顿问臣子们的意见，臣子们都认为千里马是匈奴的宝马，不应该给。冒顿却说："我们和人家国境毗连，难道爱护一匹马比爱护国家还重要吗？"于是给了千里马。东胡人得寸进尺，又派使者对冒顿说想要他的一位阏氏。左右的人都愤怒地说：东胡人没有道义，太过分了，竟然想获得阏氏，我们去攻打他们！冒顿却说："难道爱惜一个女子比爱惜国家还重要吗？"于是把自己所爱的阏氏也送给了东胡。东胡王更加傲慢，进而占领了两国交界处没有人居住的一千多里土地，并派使者对冒顿说：你们匈奴和我们东胡边界堡垒外的那一片空地，你们匈奴是不能去的，因为我想获

130

得它。冒顿又问臣子们的意见。有的臣子说：那是一片被抛弃的土地，给他们也可以，不给也可以。但这次冒顿却非常愤怒地说："土地是一个国家的根本，怎么可以给他们呢！"便把那些主张让地的人给杀了，接着上了马，下令道："国中有谁落在后面敢不跟着去的，都要杀掉！"于是进击东胡，大败东胡，灭了东胡王，俘虏了他们的人民牲畜和财产。然后又向西赶走了月氏，向南并吞了楼烦，收复了被秦王派蒙恬夺去的匈奴的土地，进而侵入燕地和代地。当刘邦项羽在中原打得不可开交时，他趁机壮大自己的力量，手下能弯弓射箭的战士有三十多万人，成为南方汉族人的劲敌。

对于匈奴人来说，行动就是力量，而思想是奢侈品。

而赤道地带骄阳的炙烤和热带雨林里气候的湿热也许都不那么适合于思想种子的着床、发育和生长。

但是属土的民族和属水的民族所生长出来的思想却似乎恰好相反。东方人的哲学具有水的性质，潇洒灵动，不拘一格；而西方人的哲学则具有土生植物的性质，严密而讲究实证，有着清晰的层次和条理。

老子、庄子的思维都如云如水，或薄雾轻霞，或雨雪纷飞。就连孔子的学说也如川纳百溪，在随心所欲的言谈中以他的秩序观把主流、从流、干流、支流分得清清楚楚。而品尝西方哲学家的学说，清晰是清晰，明了是明了，深奥处也十分深奥，但那感觉总不像是在喝酒，而像是在啃地瓜或者别的什么植物的茎块。

虽然都是在地中海的滋养下生长出的思想者，苏格拉底、柏拉图、亚里士多德是属于希腊时代的；而第欧根尼、伊壁鸠鲁和斯多葛派的创始者则被认为是罗马时代的。前面三个人是师生相承的关系；而第欧根尼、伊壁鸠鲁和斯多葛则各成一派。这三个哲学派别影响着整个罗马时期人们的思想。

第欧根尼所创立的哲学被称为犬儒派哲学。犬儒这个词后来被引申成为有玩世不恭的意思，但是第欧根尼创立它的时候却是非常严肃的。他对德行有着一种执着的追求，与德行相比，世俗的财富在他看来一文不值。为了这个目的，他住在一只大木桶或者是一个大陶瓮里，过着像狗一样的生活，因为只有像狗一样活着才能拒绝接受一切人的习俗——无论是宗教的、风尚的、服装的、居室的、饮食的、礼貌的，等等，可见人的习俗已经多么严重地改变了人原来与自然和谐地成为一体的本性。正因为跳出了人们习俗的圈子，他才能够用一双狗眼去观察人们，狗眼看人低，这句骂人的话放在这里却成了对哲学家由衷的赞美。这是一条智慧的狗，高傲的狗，一条不需要主人的自满自足的自由的狗；一条充满儒雅之气的坐着沉思的狗，与走狗不可同日而语。

　　第欧根尼是和亚里士多德同时代的人，但是他的学说在气质上却是明显地属于罗马时代的。亚里士多德是欢乐地正视世界的最后一个希腊哲学家，这或许是因为他有一个强有力的学生亚历山大做靠山。原先相对和平安宁的希腊世界被它周围的地中海世界挤破并且因为被挤破而扩散而化开，哲学家们就自然而然地从外界转向内心，更加专心致志于个人德行的问题或者是灵魂解脱的问题了。他们不再问：人怎样才能创造一个好的国家？而是问：在一个不尽如人意的世界里，人怎样才能有德？或者在一个受苦受难的世界里，人怎样才能幸福？他们在思想，因为他们不能不思想；但是他们的思想在实际世界产生的效果和行动者们的业绩比起来似乎是微不足道的。用思想去左右别人的行动在行动者的时代里是相当困难的，于是只好首先左右自己的行为举止。第欧根尼的不同寻常之处是他创造了一种放弃舒适环境、强调禁欲主义的自我满足的生活方式。他宣传他的哲学，与其说是靠完整的思想体系不如说是靠个人独特行为的榜样作用。他住的那只桶事实上是他哲学的发射器。他靠乞讨来维持生命，他并不坚持所有人都得像他这样，而是通过那只具有象征意味的大桶来号召人们回复简朴的自然生活，想说明即使环境艰苦贫困，人仍能过幸福和独立的生活。生活的纲领从自足开始，一个人本身就具备为获得幸福所必需的一切。

第欧根尼的老师是安提斯泰尼，他的一句名言是："我宁可疯狂也不愿意快乐。"他讨厌一切精致的哲学，除了纯朴和善良以外，他不愿要任何东西。他进行露天讲演，用最通俗的语言让最没文化的人也能理解。他信仰返回自然，并且非常彻底地贯彻这种信仰，主张不要政府，不要私有财产，不要婚姻，不要确定的宗教，他鄙弃奢侈和一切人为的对感官快乐的追求。第欧根尼年轻时找到他寻求智慧，但最初安提斯泰尼并不喜欢这个学生，因为他是一个曾因涂改货币而坐过牢的钱商的儿子。他命令这个青年回家去，青年丝毫不动；他用杖赶他走，他依然丝毫不动。这个青年想要做的事要比他那个不名誉的父亲规模大得多，他想要涂改的可不仅仅是货币，而是一切人为的标记。他认为每种通行的印戳都是假的——人被打上了将帅与帝王的印戳；事物被打上了荣誉、智慧、幸福与财富的印戳；一切全是破铜烂铁，只不过打上了漂亮的假印戳而已。第欧根尼的禁欲与佛陀的苦行颇有一点相似的地方，不同的是那个印度圣人以普度众生为己任，而这个希腊智者独善其身的味道更多一点。

伊壁鸠鲁的年纪比第欧根尼略小一点，他没有不接受亚历山大赏赐的荣幸，在亚历山大逝世的时候，十八岁的哲学家为着确定他的公民权来到雅典。他后来在雅典创办了一所学校，这所学校没有校舍，只是一个花园。他和他的学生们的生活非常俭朴，但没有俭朴到像第欧根尼那么极端。他们的饮食主要是面包和水，他觉得只有这两样东西要比有很多奢侈品要好得多。他说："当我靠面包和水而过活的时候，我的全身就洋溢着快乐；而且我轻视奢侈的快乐，不是因为它们本身有什么不好，而是因为会有种种不快乐的东西随之而来。"因此他的哲学的要义就是注重单纯的快乐。

伊壁鸠鲁终生都受着病痛的折磨，但他学会了以极大的勇气去承受痛苦。他的一个著名论点是：当一个人被鞭挞的时候也可以是幸福的。伊壁鸠鲁想获得的东西主要是恬静。他认为快乐就是善，而且认为比起身体的快乐来，人更能控制的是心灵的快乐。他认为快乐有动态的和静态的两种：动态的快乐就在于获得了一种所想得到的目的，而在得到之前的欲望是痛苦的；静态的快乐则是一种平衡状态，在这种平衡中人可以不产生欲望从而也就感受不到痛苦了。当用食物在填补辘辘饥肠时，这是一种动态的快乐；但是当饥饿已经完全满足之后而出现的那种平静状态就是一种静态的快乐。在两种快乐之间，伊壁鸠鲁认为第二种快乐更好一些，因为它没有掺杂别的东西，也不必依靠痛苦的存在作为对幸福的刺激。人应该追求平衡，应该要安宁的快乐而不要激烈的快乐。所以伊壁鸠鲁似乎永远在节制饮食而从不狂喝滥醉。财富和荣誉对他来说全都不是什么好东西，因为它们可以使一个本来知足常乐的人不得安宁。

他对人类的苦难显然有着深刻的理解，所以希望人们能够节缩欲望从而避免痛苦。少吃自然就不会消化不良；少喝自然就不会烂醉如泥；不结婚生子就不会有丧失亲人的痛苦；避开政治旋涡，努力生活得默默无闻，这样才可以没有敌人；要使自己学会观赏快乐而不是观赏痛苦，最为重要的一点是要使生活能避免恐惧。他的哲学的标志是快乐，但是真正实行起来，他却把没有痛苦，而不是有快乐当成了最终的目的。他认为恐惧的两大根源是宗教与怕死，而这两者又是极有关联的。大多数人因为生命的尽头存在着一个死亡而感到恐惧，因而从宗教里去找寄

134

托；他则认为恰恰只有死亡才能够摆脱恐惧，于是便追求一种可以证明神不能干预人事而灵魂又是随着身体一起消灭的形而上学。大众希望身体虽死但灵魂还在，以此来减轻一点人生而必死的痛苦；在他看来灵魂不朽对于希望能解脱痛苦恰恰是一个致命伤。这是他和许多人格格不入的地方，因此肯定失去了很多的追随者。在不少地方他和老子庄子不谋而合，但是以老庄为标志的道家，后来却被一些庸俗的传人们弄成了一种追求长生不死的法术，这是让二位老先生只好苦笑的事，可见哲人和凡夫之间的距离是多么的大。正因为怕死在人的本性里是如此的根深蒂固，以至于伊壁鸠鲁的思想很难得到最广泛的传播，它只能是少数对思想感兴趣的人的信条。甚至在哲学家里，自从奥古斯都时代以后也大都是拥护斯多葛主义而反对伊壁鸠鲁主义的。

在互相隔绝着东方和西方，思想者们的格局却是大致相似的，这是一个很有意思的现象。中国的春秋时代的思想者们虽然号称有诸子百家，但秦汉以后却只剩下了儒道释这三大家，而且释这一家还是从印度取经取回来的。对于西方的罗马世界，我们是不是可以说：第欧根尼是释的，伊壁鸠鲁是道的，而斯多葛派的哲学则是儒的？

斯多葛主义和伊壁鸠鲁主义起源于同时，但他在官方的运气却要比那两种哲学好得多，在古罗马几乎所有的君主都宣称自己是斯多葛派。和前两种哲学相比，它更多拥有的是罗马的性格而不是希腊的。正像儒家学说一样，伦理学被大多数斯多葛派认为是至关重要的东西。它有许多观念和伊壁鸠鲁派是同出一源的，但是因为有那么多掌权的行动者们的介入，它们的流向就大不相同了。在罗马帝国，斯多葛主义成了传播最广的、几乎是带有正统性质的官方哲学。它不号召人们对恶进行积极的斗争而教导用转向内心的方法进行消极的抵抗，得救的道路在自己的内心，外面的世界不够好吗？那么就把自己关闭到个人道德至善的世界里去。斯多葛派的关于神圣的世界理性的学说满足了宗教唯心主义情绪的增长，在某种意义上成了基督教的助产士；而它的世界主义特征又非常合适于把一切民族都放在罗马帝国这口希腊罗马文化的大锅里反复熬煮。

斯多葛派的创始人是希腊人芝诺。他对于形而上学的玄虚没有多少兴趣，认为最重要的东西是德行。在一个人的生命里，只有德行才是唯一的善；健康、财富、幸福这些东西都是次要的。德行在于意志，所以人一生一切真正好的和坏的东西都取决于自己。一个人也许很穷，可是穷并不妨碍人有德；一个人可以被关在监狱里，但只要有德，在监狱里也可以与自然相和谐地生活下去；一个人可以被处以死刑，但他可以像苏格拉底那样高贵地死去；人只要能把自己从世俗的欲望中解脱出来，就会有完全的自由。真正的圣人可以在他所珍视的一切事情上都是自己的主人，因为外界的力量只能左右身外之物而不能剥夺他的德行。芝诺认为世界是有神的，神就是心灵，就是命运，就是推动物质的力量，你把它叫作天意或自然也可以。

但是对斯多葛派有重大影响并且也使得这派哲学对世界产生重大影响的却是三个罗马人：塞涅卡、爱比克泰德和马可·奥勒留。

塞涅卡是一个大臣，他不幸触怒了克劳狄乌斯皇帝的皇后梅萨林娜，被流放到科西嘉岛上；又有幸被克劳狄乌斯的第二个妻子阿格丽皮娜从流放中召回并任命为她十一岁的儿子的老师。他有幸像他的希腊先哲亚里士多德一样成了一个主宰西方世界的君主的老师，虽然在拥有知识的程度上恐怕还比不上亚里士多德，但在拥有财富这一点上却超过了古今差不多所有的哲学家。可不幸的是他的学生不是明智的亚历山大，而是以残暴著称的尼禄。哲学家从政的结果是被他的学生和皇帝尼禄指控参与篡位的阴谋，赐以自尽。他在使劲敛财的时候已经不太像一个公开鄙弃财富的哲学家了，但当他听到皇帝要他自杀的决定时，哲学家的本性又回到了他的身上，他准备好好写一篇遗嘱，可是已经没有时间容许他写长篇大论了，于是便转身向忧伤的家人们说："你们不必难过，我给你们留下的是比地上的财富更有价值的东西，我留下了一个有德的生活的典范。"然后便从容地割开了自己的血管，并且要秘书记下他临死的话，直到最后的时刻来临时他的辩才依然有如泉涌。他活得像不像一个哲学家姑且不论，但死得确实像一个哲学家。作为皇帝的老师，他的哲学观点会影响到政治这一点是毋庸置疑的。

爱比克泰德是一个奴隶。当然当他的哲学家地位被确定时他已经被尼禄皇帝释放了，并且后来也成了他的大臣。他在罗马讲授他的哲学。也许是因为他当过奴隶，他说："在世上人们都是奴隶，被囚禁在现世的皮囊之内。人就是一点灵魂载着一具尸体。神也不能使肉体自由，但是它给了人们一部分神性。我是必然要死的，难道我就得呻吟而死吗？我是必然要被囚禁的，难道我就必须哀怨吗？如果我遭到流放，难道因此就有任何人能阻止我使我不能欢笑、勇敢而镇定吗？如果我的头要被砍掉，谁又能向你保证你是世界上唯一不会被砍头的人呢？你是一个雅典人吗？我是一个罗马人吗？似乎我们都应该说：我是一个宇宙公民。如果你是恺撒的亲人，你一定会感到安全；那么你是一个神的亲人，你不是更应该感到安全吗？如果我们能理解德行是唯一真正的善，我们就可以知道不会有任何真正的罪恶能降临到我们头上来了。"

马可·奥勒留是罗马的一个皇帝。同时是皇帝又是哲学家的，无论在西方还是东方他都是绝无仅有的一个，可见用权力来支配别人和用思想来支配自己是两件多么不同的事情。一个皇帝哲学家自然会有他精神上的安慰；一个哲学家皇帝也会有他世俗的烦恼。皇帝的职位使他不可能只进行个人的灵魂超脱，他的行动也反映到他的哲学里来，他认为人是根据神的意志安放到自己的地位上来的，他必须彻底地履行自己的义务，不管它有多么艰难和严厉。作为一个皇帝，他是忠于斯多葛派的德行的。他非常需要有毅力，因为他在位的时期被种种灾难困扰着：地震、瘟疫、长期的战争、军事的叛变，等等。他是超脱而有仁爱之心的："既然你目前的这一刹那就有可能离开生命，你就按着这种情况来安排你的每一桩行为和思想吧！"——时时都想着人之将死，岂不就会其言也善了吗？——"与宇宙相和谐的生命才是美好的东西；而这就是服从神的意志。就我是一个皇帝来说，我的城邦与国土就是罗马；而就我是一个人来说，我的城邦与国土就是这个世界。"但这位思想者又毕竟是一个掌握着帝国大政的行动者，他有他必须行动的责任：为了对付饥馑的威胁，他必须保证非洲的运粮船按时到达罗马；为了保障帝国的平安，必须使野蛮的敌人不能越境。在历史上确立他哲学家地位的基石是他的《沉思录》。这是一本只为自己写的并不准备发表的书，在字里行间表明了他感到自己公共责任的沉重负担："让你心中的神明来指导英勇的、成熟的、忠于国家利益的、被授予权力的和那不需要保证而甘愿等待捐生的召唤的人相似，而感到自己罗马人的本质吧。你的心灵上将有光明，而你将不需要得到外界的帮助，不需要依赖别人的宁静。"

"你本身怎样参加公民的社会，则你的一切行为当然也就如何构成公民的生活。如果某种事物对于共同的目标没有直接的或者是较远的关系，那它就要割裂生活，破坏它的统一，引起暴动，就和一个参加了人民大会，却不愿意服从共同协定的人一样。"

一如孔子的秩序观。

行动者也是需要思想的。于是东方的皇帝们尊了儒，西方的皇帝们信了斯多葛。

秦汉是一个行动者叱咤风云的时代。伟大的思想者们在秦统一之前都已死了；而差一等的思想者们还没有生出来。但是毕竟还有人在思想着并且以此为生。在这方面值得一提的是司马相如、董仲舒和司马迁。

对于汉朝来说，汉武帝是一个非常重要的人物，许多最重要的人和事都和他有着直接的关系——张骞通西域；卫青、霍去病击匈奴；司马相如作赋；董仲舒献策罢黜百家独尊儒术；司马迁因仗义执言而受宫刑。

汉武帝是一个运气非常好的皇帝。他起码在寻求长生不老之术方面表现得昏庸愚蠢；并且在某些征战的决策上也十分不明智，比如对大宛的大动干戈只是为了得到汗血马，这和莫顿单于的见识就差了一大截。但他的好大喜功并没有毁了他，却在历史上给他留下了雄才伟略的赫赫名声。

上面提到的那几个重要人物，张骞、卫青和霍去病明显地都属于行动者，他们的行动对世界历史不同程度地产生了影响；而司马相如、董仲舒和司马迁则应归入思想者之列，这三个不同类型的文化人对日后中国的影响是深而且远的。

司马相如影响到了文人的御用风格，以至于后来连李白这样的清狂之士也有未能免俗之处。

董仲舒影响到了日后的政治格局——儒学治国。

而司马迁的史笔却一直滋养着中国人的人文精神。

细究起来，文人的坠落是从司马相如开始的。司马相如是一个极聪明、极有才分的人，在历史上留下名气的是他的赋。读司马相如的赋能想起庄子那支上下翻飞、纵横恣肆、无所不见智慧之光的笔来，不同的是，庄子笔下形象很多，思维也很多。如果说老子是逻辑思维的话，庄子则是形象思维。司马相如也是形象思维，形象很多，思维却很少。庄子的文章是写给同道看的，司马相如的赋是念给帝王听的，对象决定了质量。司马相如开始用钱谋了个郎官侍奉汉景帝时，景帝并不怎么喜好辞赋。但梁孝王门下却养着一批文采飞扬的游说之士，如邹阳、枚乘、庄忌。他心生羡慕，便辞官投到梁孝王门下为客，和那些文豪们同道几年，他写下了一篇《子虚赋》。不想后来正是这篇《子虚赋》使他时来运转。汉武帝不但在行动上是个好大喜功的人，在文辞上也有着同样的爱好，一天读到了《子虚赋》大为激赏，叹道："可惜不能和作者同时啊！"谁知身边的狗监杨得意十分得意地说："这个作者正是我的同乡司马相如啊！"武帝大喜，立刻召见。司马相如受宠之下，才思喷涌，说道："那已是旧作了，而且内容说的是诸侯游猎的事，不甚可观。不如让我再写一篇天子游猎的赋来献给皇上！"皇上立刻叫尚书准备笔札，于是他写下了那篇使得龙心大悦的《上林赋》，写得堂堂皇皇洋洋洒洒，仅对皇帝的私家花园上林苑就极尽铺陈描写之能事——

> 东达苍梧，西尽西极，丹水流其南，紫渊径其北，灞产二水穿于苑内，泾渭二水出于苑外，沣、镐、潦、潏四支水流宛转曲折周旋于城内，浩浩八川，水势相背分歧而各有其姿，向东南西北奔流往来，径乎桂林之中，过乎泱莽之野，湍疾巨流依山直泻，贯隘口，触巨石，冲曲岸，腾怒涛，水沫翻卷，汹涌澎湃，回旋起伏有如云起云飞……

司马相如使用文字实在是太浮华、太奢侈了，这篇《上林赋》如果大段引用，会让没有中国古典文学根底的西方读者如入五里云中，只好从略。一篇《上林赋》使得龙心大愉、龙颜大悦，命相他郎官。这时的司马相如虽然竭尽文辞之能事来讨好皇帝，文中毕竟也讲了一点讽喻的道理给君王听。后来见天子心中其实是羡慕成仙得道之事的，便写了一篇《大人赋》献给皇上，那就是明显的假大空创作兼吹牛拍马了。他用虚浮靡华的语言把上天有路、成仙有门的情景写得十分令人神往，皇帝读了非常高兴，大有飘飘然凌驾在彩云之上，晕晕然浮游于天地之间的感觉，于是在这方面更加走火入魔。皇帝喜爱他的文章，当他病重时命人去把他的文章统统拿来。使者到时相如已死，家里一本书也没有。妻子说相如虽常著书，但写了马上就被人拿走，所以家中总是空的。可见他的这种文字不但皇帝喜欢，达官贵人们也喜欢。司马相如只留下遗札一卷，在遗稿中仍然在继续歌功颂德，他从一个开始还有点儿规劝意识的御用文人变成了一个马屁专家，成为中国文人歌德派的创始人。

以司马相如的聪明和文笔，好歹也算得上是半个思想者。可思想者一旦把自己的立足点置于皇冠之后，思想的光辉也就暗淡了。思想者一旦献媚于帝王，他还能说出"请不要挡住我的阳光"这样的话来？司马相如的文章基本上就是满嘴大话投君王之所好，假大空的文风古已有之。但是司马相如确实非常有文采，假而逼真，大而有当，空而不干，比后世的马屁文章写得要好。

和司马相如文人的投机不同，董仲舒对帝王则是一种学者的依附。司马相如是用华章丽句来取悦君王；董仲舒则是有条有理地投其所好。就类型而言，董仲舒是一个更本色的思想者。他对文字的兴趣不在于对场面和形象的描述而在于对问题的思辨，并且做起学问来十分认真，以至于有潜心读书三年不窥视屋旁的菜园子的典故。他一生钻在故纸堆里著书立说，从未经营过什么别的产业。这是一个很有学问的人，也是一个很迷信的人，他根据《春秋》上所记载的一些奇灾异变推断天地阴阳所以倒行逆施的原因，并想出了他认为可行的解决办法。比如他求雨时，关闭南门，开放北门，禁止烟火（像回族的斋戒），用水洒人（像傣族的泼水节）；要是求天晴，则把这些做法反过来。奇怪的是这种方法在全国实行居然很灵验，也不知道是真的还是假的。

董仲舒一生最重要的事是被汉武帝选为"贤良之士"，当了皇帝的智囊，为当局者提出了思想政策，这种政策影响了中国的政治文化两千多年，至今仍然大有市场。儒教虽然是由孔夫子创立的，但中国成为一个儒教国家却是从董仲舒的大力倡导开始的。在《举贤良对策》中，他阐述了自己的学说：天是有意志的，世界是按照天的意志存在和变化的。政权是天授予的，天以符瑞和灾异表示对人君的维护和批评。道是从天上来的，天道、人道和治道都是永恒不变的。天是仁慈的，所以人君应该用道德教化的方法来统治人民。财产和地位也是上天赐予的，因此主张限制贵族豪强们兼并土地。大一统是天经地义的，因此主张罢黜百家，独尊儒术。

汉武帝采纳了他的罢黜百家，独尊儒术。

中国人的思想从此开始单一。

让我们来看看当时董仲舒思考的是一些什么问题。

用原本属于朴素的辩证思想的阴阳五行理论来阐述政治和道德问题是董仲舒的一个创造。西方人有自然界源于水、火、土、风四大元素的说法。中国人的阴阳五行之说原本也是为了解释自然现象，而董仲舒却把它拿过来大讲其治国的道理，把朴素的辩证法直接引向了政治目的论。

他说：天有五行，一木二火三土四金五水。木是开始，水是终止，而土居于中央，这是天给它们安排好的次序。由木生火，由火生土，由土生金，由金生水，再由水生木，好比是父子关系，父亲支配儿子，这

142

就是天道。他由此引出结论：五行，就是孝子忠臣的行为。五行，就是五种德行啊！如果儿子对父亲能够像火奉养木一样；臣下为君主效力能像土敬天那样，就是有德了。

五行的运动，各有顺序，各行其责。所以木居东方，掌管春气；火居南方，掌管夏气；金居西方，掌管秋气；水居北方，掌管冬气。木主生，金主杀，火主暑，水主寒。用人既要讲究顺序又要依据不同的才能，这就是天道啊！那么土呢？董先生自有道理：土居于中央，叫作天润——天的润泽。所以土是天的辅佐，它的德行丰盛而完美，不能用一个季节的职能来规范它。因此虽有金木水火土五行，却只有春夏秋冬四季，就是因为土是兼管着四季的缘故啊！金、木、水、火各司其职，但不依靠土便无所附着。正如没有甜，酸、咸、苦、辣就不能成味一样。甜是五味的根本，土是五行的主导。圣人的德行，没有比忠更重要的了，这就是土德啊！

董仲舒不愧是一个讲道理的高手，能把八竿子打不着的东西全都纳入他的政治理论中来并且振振有词、言之有理。可以想见当皇帝的听了他这番高论心里是多么的受用。而老百姓听了也会觉得学问高深因而心悦诚服。

阴和阳本应该是属于二元论的东西，但在他的解释下却成了一元的了。他说：天的不变法则是：凡是两个相反的事物，不能并行，这就是一。阴和阳是相反的，所以一个出现，另一个就必然要隐伏。阳气总是出现在阴气之前，主管着一年四季；阴气总在阳气之后，几乎形同虚设。冬天阳气休息，是因为一年的事情已经完成，所以暂且隐伏；而夏天阴气的隐伏，则是因为作用不合时宜而远远地离开。天就是这样依靠阳气而不依靠阴气的。因此阳气在前而阴气在后。阳气到夏天登峰造极，这是靠恩德来完成一年的事情。

照他这么一解释，本来是两个相对应的东西，变成了一。他强调说：一就是专一。永远守一不变，就是效法天道。违反了天道就不能成事。是以目不能二视，耳不能二听，手不能二事，一手画方一手画圆就画不成（其实未必，要不双管齐下左右开弓又怎么说呢?）。所以古人根据这个道理来造文字，专心于一个目标就是"忠"，怀有二心的就为"患"。不一不忠，就是祸患产生的根源了。是故君子贱二而贵一。

难怪中国人有那么多一成不变一贯到底的东西：一臣不事二君，一女不从二夫，一仆不能有二主。理论根据原来是在董老夫子这里。作为当朝皇帝来说，再也没有什么理论比这更能让他觉得"正合朕意"了。

中国人的讲究名正言顺固然从孔夫子就已开始提倡，但这理论的发扬光大却是在董仲舒的手上。他写道：治天下之端，在于搞清楚事物的纲领；而搞清楚事物的第一步，就是"深察名号"。名号是大道理的根本，抓住这个根本，是非顺逆就可以分晓，其微妙处就可以和天地相通了。是非的标准，取决于顺逆；而顺逆的标准取决于名号；名号的标准则取决于天地。天地是名号的大义。天不说话，要人用语言来体现它的意志；天不行动，要人在行事上合乎它的标准。所谓名就是圣人所表现的天意，不可不加以深察。

开国君主的地位，是天意所授的。因此号为天子的人，应该把天当父亲看待，以孝道来事天；号为诸侯的人，应该小心对待他所侍奉的天子；号为大夫的，应该格外忠诚，发扬礼义，自己的道德应该超过一般的百姓，以感化人民。士是"事"的意思；民是"暝"的意思；士还不够教化别人的资格，应该谨守自己的职分，服从上面的意志。而昏昏然的"暝"们当然是要阳光来照耀和风雨来教化的。从天子到民这五种号，表明了他们各有自己的位置，他说：由此可见，一切事物都各顺其名；一切名又各顺其天意。天和人的关系就这样统一起来。这就是道德。

他继续研究道：深入考察"王"这个号的意义，其中有五层含义：王就是堂皇；王就是端方；王就是匡远；王就是金黄；王就是归向。为帝王者如果善意不能普遍而广大地发扬，行事就不能正直端方；行事不能正直端方，德泽就不能遍及四方；德泽不能遍及四方，就不能达到君王最高美德的象征黄色；不能黄得辉煌灿烂，四面八方的百姓就不会归向；四面八方的百姓不能归向，王道就有缺失之处了。所以说天是笼罩一切的，没有什么不在它的笼罩之下；地是承载一切的，没有什么不在它的承载之上；风行使号令的威力是统一的；雨布施的恩泽是平均的，王道就应该是如此的啊！

他深入考察"君"这个称号也发现了五重重要的含义：君就是"元"，君就是"原"，君就是"权"，君就是"温"，君就是"群"。他解释说：君主若立身不正，行动就失其根本；失其根本，做事就不能有始有终而放弃自己的责任；放弃责任，教化就不能行使；教化不行，就得用权术来补救；弄权过度，就会离开中道而生偏差，道理就不能平正，德行就不能温和；德行不温和，群众就不会亲附安定。群众散而不群，君道就有缺失了。

董仲舒还大谈其"性"。这个"性"当然不是今天走俏市场的那个"性"，性别的性，性欲的性，性关系的性；而是古人所重的"性"，性情的性，性质的性，本性的性。他说：性的名不就是从"生"这个字而来的吗？与生俱来的本质，就是性。不分青红皂白就说"人之初，性本善"，从善这个字中去寻性的本质是找不到的。离开本质一丝一毫，就不能算是性了。

他认为从内部禁止罪恶，使它不能向外发展，这就是心的作用。人的本性中如果没有恶的成分，心还禁止些什么呢？所以心这个名是符合人的本性的。因为人既有贪性也有善性。"身"的得名是从"天"而来的，天有阴阳二气，人身也就兼有善恶二性。天道有阴，需要加以禁止；人身有欲，也需要加以节制，和天道是一样的。（这一理论后来在宋儒们手上又得以发扬光大，成了著名的格言：从天理灭人欲）民这个号是从"瞑"而来的，之所以叫"瞑"，是因为不加以教化就会颠倒塌陷举止猖狂。性之得名，不是根据人的最高标准，也不是根据人的最低标准，而是按一般人的标准来确定的。善的得名是应该取决于圣人。要确定方向，以北极星为准；要确定正误，以圣人为准。圣人确定的名，天下都作为标准。圣人认为，在没有圣王的时代，没有受过教化的人们是谁也称不上善的。天生出了人，性中虽有善的本质，但还不能算就是善了，因此上天才给人们安排下帝王来，使人们通过教化而达到善的境界，这就是天意。帝王就是秉承天意来成全人们的"性"行为的。

于是他在咬文嚼字中为帝王的存在找到了最冠冕堂皇的理由，自己因而也成了圣人。

董仲舒的哲学是一种方方正正排列有序的哲学。就像那种专门盛放二十四史的古色古香的红木书柜。看起来很严谨，其中也不乏有趣之处和睿智之笔，可只要往老子庄子面前一放，就立刻显得匠气十足。但是以天下为家的皇帝们谁敢请一个逍遥派的雕刻家来给自己打家具呢？美则美矣，但用起来不顺心顺手。还是请一个识时务的木匠来干活好。作为一个学者，董仲舒三年不窥园似乎足见其迂；但是他又是一个精明透顶的专门生产"君用品"的制造商，供客户所需，想客户所想，把一切都纳入精心设计的为皇帝所用的框架结构中去了。

在汉代，一个文字匠充当了大思想家。这在很大程度上决定了以后哲学的质量。哲学丧失了独立精神，成了统治者的仆人。秦以前的哲学家看世界用的是自己的眼光；而秦汉以后的哲学家则不由自主地以统治者的立场来看世界，不是用哲学去思考统治者，而是为统治者去思考哲学。

在以学问立身，以思考问题为生活方式这一点上，董仲舒和第欧根尼是一样的，都是思想者。但是思想者一旦依附于帝王，甚至于把自己的大脑移植到了皇帝的躯干上，他自然是说不出"请不要挡住我的阳光"这样的话来的。

司马相如的辞赋使君王感到开心；董仲舒的理论使皇帝用得顺手。但这显然还不是那个时代思想者的全部。幸好我们还有司马迁——一颗在秦汉的历史间跳动着的良心！

同是写文章的人，他的文章不像司马相如那么虚饰浮华；同是做学问的人，他的学问也不像董仲舒那么投其所好。他有他自己的志向，自己的标准。同是在朝为官的人，他和君王相处的关系和司马相如、董仲舒大不相同。他的品格决定了他的质量；他的秉性决定了他的命运。

思想者司马迁和别的思想者不同，他不是用格言或寓言或论证文章来说出他的思想，而是用在他之前中国历史上人们飞扬的精神与迸流的血肉来说出他对这个世界的感受。张骞对西域的探索显然还远远无法让他知道在西边更远的地方有个叫第欧根尼的思想者说过那么一句名言："请不要挡住我的阳光"，但是在他眼里，太阳是公平地照着世界上的每一个人的，无论他是帝王还是强盗，都有亮处也都有阴影。

作为一个思想者，太史公对世界的思考显然不如老子、庄子和孔子出色，他的任务是描述，思考只出现在描述的缝隙里。但是他的描述却给后来的思想者们提供了极为丰富的思想的材料。他把自身的血肉也化为一种人文精神融入了那段历史。

一个时代的基石下面往往压着许多个人的不幸。飞将军李广的家族，就是一个不幸的家族。太史公的《李将军列传》记录了他们的光荣与不幸。正是因为对这个家族的同情和救援，使司马迁自己也成了一个不幸者。

飞将军李广名声很好，命运却不济，他的子孙们也没有好的结果。李广有三个儿子，李当户、李椒和李敢。李当户和李椒都比李广死得早。剩下一个李敢。李广死时，李敢正在骠骑将军霍去病部下从军，作战勇敢，军功卓著。因为愤恨大将军卫青没有听从李广的请求反而使得他迷路自杀，一气之下打伤了卫青。卫青当时按下了这件事没做处理。没过多久李敢随武帝到甘泉宫去打猎，却被卫青的外甥霍去病射死了。霍去病正受武帝宠爱，武帝便说李敢是被鹿撞死的。可怜赫赫有名的飞将军之子竟落得这种下场。

李当户有个遗腹子叫李陵，长大以后也继承祖业当了军人。现在厄运又转到李陵身上来了。李陵带兵、为人都很有李广的遗风，长于骑射，廉洁自守，谦恭下士，有很好的声誉。但他身在为将军的皇亲国戚手下，注定要重演其祖父的悲剧。天汉二年（公元前99年）武帝派他的小舅子二师将军李广利出征匈奴。召骑都尉李陵为二师将军押送辎重车辆。大概是因为一方面有祖、父两辈都有触犯外戚而死于非命的隐痛，一方面也有报效国家建功立业的雄心，李陵不愿充当李广利的下属，而向武帝请求自领精兵开到兰干山以南去和单于作战。武帝看出了他的心思，说：你是不想当二师将军的属下吧？你去可以，但我不能配给你骑兵。李陵年轻气盛，道：不用骑兵，愿以少击众，率步兵五千，直捣匈奴王庭。武帝同意了，下诏给强弩都尉路博得命他在半途接应李陵。但路博得不愿前往，上书武帝说：此时正当匈奴马肥体壮，未可与之争锋，愿留李陵至明春再行其事。于是武帝大怒，以为是李陵怯战托路博得来回旋，下诏给李陵，要他立刻深入匈奴腹地；又下诏给路博得，要他开赴另一处去对付匈奴，改变了原来接应李陵的计划。于是李陵孤军深入，虽然开始连战连捷，令敌人胆寒；毕竟寡不敌众，陷入绝境。在极端不利的情况下，李陵的队伍仍然士气不衰，李陵本人也身先士卒，对阵之际用连弩射向匈奴单于使得他惊恐不已落马而逃。单于见汉军顽强，怕难以取胜，正要退兵，不想李陵手下一个军官因受责罚投降了匈奴，告之李陵所率军队箭矢即将用尽，而且并无后援，只要集中精骑密箭齐射，就可歼其残兵。于是单于顾虑顿消，派兵合击，居高临下，矢落如雨。李陵部下三千人箭已用尽，他命令士兵砍掉车辐当武器，军官则手执短刀，准备以死相搏。汉军已身陷狭谷，被匈奴兵从山上投掷石块，死伤积路，无法前行了。黄昏后，李陵想一人前去闯营斩取单于首级，但显然是办不到的。只能空手而归，长叹道："兵败，死矣！"但有军官劝他不必轻生，即便被俘，也可像当年飞将军一样伺机逃脱继续报国。于是李陵命令将军旗尽行斩下，同所带珍宝埋于地下。说："只要再有几支箭，就足以逃出险境了。现在已势难再战，待到天明大家只能束手就擒；不如趁天色昏暗作鸟兽散，尚可有人脱险回报天子。"半夜，李陵和校尉韩延年跨上战马突围。匈奴数千骑穷追不舍，结果从者皆战死，李陵只身被俘。而汉军逃回边塞的有四百余人。

李陵战败的消息传来，武帝大为震怒。公卿大臣们也都看着武帝的脸色行事，极力诋毁李陵。这时候有一个人看不下去了，李陵虽然战败被俘，但他所率的五千人是深入敌境，在数十倍于自己的匈奴铁骑合围追击之下浴血搏斗孤军奋战，前后共杀死杀伤匈奴一万余人，最后也只因为没有后援才落得这个结果，朝臣们对他的诋毁攻击显然是不公平的。这个出来打抱不平的人就是太史令司马迁——一个主管天文历法的小吏。

司马迁与李陵没有多深的私交，但他认为李陵是一个为人兼具信、

149

义、廉、让之德的人，是一个有国士之风，常思奋不顾身以解国家之急的大丈夫。对于这次战争的整个状况他做了详尽的了解，认为李陵虽然战败被俘，他的功绩已足以抵其过失，而且认为他之所以没有以身殉职，是还抱有日后待机重新报国之念。恰逢武帝亲自召问，司马迁便将自己的真实想法一一陈说于君前。但万万没想到，一番忠言竟逆了龙鳞，给自己引来杀身大祸。

汉武帝是雄才大略之主，也是刚愎暴戾之君，对臣下任情诛戮，朝中少有直言进谏之臣，而他本人则多疑而又神经过敏。前伐大宛，失多得少；近征匈奴，丧师过半。但领兵的主帅李广利却因为其妹得宠也得其宠，不但不加责罚还封之以列侯，对于此事，朝中虽然无人敢有微词，但心怀不满的则有可能大有人在。现在司马迁盛赞李陵之功，岂不就是在批评皇上用人不当吗？于是顿时变脸，以"诽谤二师将军，为李陵游说"这样的言论罪名将司马迁下狱治罪。而狱吏更是秉承圣意，判他以"诬上"之罪，按律当斩。如欲免死，只有两条路：一是出钱赎命；一是接受宫刑。司马迁家贫，不足以自赎，而巨著还草创未就，尚有重任在身，只能一横心接受让人不耻的宫刑了。而李陵的母亲兄弟妻子全被杀了个干净，除了投降匈奴再无他路可走了。

于是李陵失去了亲人和祖国；司马迁失去了男人的根本，这对二者都是奇耻大辱，但司马迁的耻辱更深也更痛！这种痛楚，我们至今读他的《报任安书》时仍能感受得到。

任安是司马迁的好友，因陷身于官场上权力斗争的倾轧获罪被判腰斩。他先前曾致信给司马迁，要他以"慎于接物，推贤进士为务"。司马迁自有难言之隐，一直没有回复。但是当朋友获罪难免一死，一月后的冬季便要赴刑；而自己马上又要随皇帝到上雍去执行祭祀的公务，再不回信就没有机会了，于是面对将死的友人，将心中的抑郁与愤懑倾泻而出，以吐露苟活者的心曲，以安慰长逝者的魂魄。

司马迁的时代造纸的蔡伦还没有出生，我不知道他的这封信是写在竹简上的还是刻在竹简上的？如果是写，那么是笔笔滴血；如果是刻，那么是刀刀伤痕。他写道：……悲莫痛于伤心；行莫丑于辱先；诟莫大于宫刑。刑余之人，没人把他们放在眼里，不光今世，向来如此。昔日卫灵公与宦者雍渠同乘一辆车，孔子便离开他到陈国去了；商鞅是靠宦官景监引见而得官的，贤者赵良感到寒心；汉文帝让宦官赵谈为他驾车，袁盎见之变色，伏在车前谏阻。自古以来人们都以宦者为耻。夫以中才之人，事有关于宦竖，莫不伤气，而况于慷慨之士乎？如今朝庭虽然缺乏人才，但又怎么能让刀锯之余的人去举荐天下的豪士俊杰呢！现在以我的受辱之身，如果仰首伸眉论列是非，岂不是轻蔑朝廷、羞辱当世之士吗？嗟乎！嗟乎！如仆尚何言哉！尚何言哉！——这分明是仍在做刀下的惨呼与呻吟！他说到为李陵辩解获罪，无钱自赎，而交游莫救，左右亲近不为一言，身非木石，独与法吏为伍，深幽囹圄之中，直到如今的处境，此种心情说出来能为俗人所理解吗？

那时候只有一个司马迁，李陵遭不平，尚有人仗义执言；等到司马迁倒霉了，还有谁能出面为他说话救他于危难之中呢？

接下来司马迁讲到了自己为何选择了忍辱偷生而不是引颈就死。说出了他的那句名言：人固有一死，或重于泰山，或轻于鸿毛。但是运用死节的地方却不一样。太上不辱先，其次不辱身，其次不辱理色，其次不辱辞令，其次诎体受辱，其次易服受辱，其次是被关在笼子里遭受鞭打，其次是被剃去头发烫上印记，其次是被毁肌肤断肢体，最最令人不堪的耻辱才是受腐刑。但是为了一个崇高的目的，可以就极刑而无愠色，并且忍辱负重极其艰难地活下来，这不是比视死如归需要更大的勇气吗？他的这个目的就是：上计轩辕，下至于兹，欲以究天人之际，通古今之变，成一家之言。以诚著此书，藏之名山，传之其人，虽万被戮，岂有悔哉！然而这只可为智者道，难为俗人言啊！

正是因为有了司马迁看待世界、看待历史的这一家之言，后来中国真正的知识分子们才有了一根坚实的主心骨。后来中国正直的知识分子在精神上说来都可以算是太史公的传人。一部没有《太史公书》的中国历史、中国文化史和中国思想史是不可想象的。

然而司马迁却背着常人不可理解的重负，他背的刑枷并不比耶稣所背的十字架轻松。且看他笔下的痛楚：……负下未易居，下流多谤议。仆以口语遇遭此祸，重为乡党所笑，以污辱先人，亦何面目复上父母之丘乎？虽累百世，垢弥甚耳！是以肠一日而九回，居则忽忽若有所亡，出则不知其所往。每念斯耻，汗未尝不发背沾衣也！……要之，死日然后是非乃定。书不能悉意，略陈固陋。谨再拜。

一个本当赴死却苟活于世之人，向一个即将辞世赴死之人倾吐衷肠，个中滋味，谁能全然品尝？

司马迁受刑这件事对中国的知识分子有着极其重要的意义。他个人的那种创痛同时也是中国知识分子的隐痛。但是后来有骨气的文人们从他身上看到了什么是可以割掉的，什么是割不掉的。刀子握在皇帝手上，从古到今中国的皇帝们不知割掉了多少男人的生殖器，为了他们后妃的安全也为了奴性的需要。幸亏人的大脑不像垂在体外的睾丸那么容易割掉，否则中国思想史就只能是一部中国阉人史了。

同在朝廷为官，侍奉着同一个皇帝，司马迁所写的文字和所想的问题都和讨君王欢心的司马相如和为皇帝所计的董仲舒大相径庭，在厄运中他丢掉了身外之物甚至忍痛含羞丢掉了身上之物却没有丢掉真实的自己，这一点足以让后来的读者仰之弥高肃然起敬。他之所想显然是和由董仲舒所奠定的官方正统思想相对立的。

首先他是一个对官方所谓正统天道的怀疑者。在《伯夷列传》中，他依据历史人物的遭遇对天道赏善罚恶的报应论提出了诘问，根据德和福并不一致的事实，否定了董仲舒的关于天有意志的天人合一学说，把祸福归于一种无可奈何的命运，同时强调人生的目的在于努力实现自己的高尚理想，而不在于追求富贵得失。他写道：有人说天道无亲常与善人，像伯夷叔齐可以算是好人了吧，他们仁德深厚，品行高洁，却最终饿死在首阳山。天就是这样来报答好人的吗？盗趾每天杀害无辜的人，吃人心肝，凶暴残忍，聚党徒几千人横行天下，结果却以高寿善终，他遵行了什么道德呢？有些人行不轨，无恶不作，却一生安逸，子孙享福；有些人小心谨慎，无善不从，却反遭飞来横祸，天道究竟是公还是不公呢？

　　其次他是一个正统道德观的怀疑者。在《游侠列传》里，他论述道：韩非子说，儒者用文墨变乱国家法律；侠客用武力违犯国家禁令，因此他对这两种人都加以非难。但是后来有些儒士设法取得了宰相、卿、大夫的位置，辅佐君王成了一番事业，就没有什么好非难的了。而侠客们，他们的行为虽然不合乎所谓的正义，但是他们言必信，行必果，诺必诚，不惜自己的性命去帮助别人于危难之中，甚至和友人同生死共存亡，却从不因为他有能力而骄傲，羞于夸耀自己的恩德，这种人不也有值得敬重的地方吗？危难是人生常有的事情，像虞舜、吕尚、百里奚、孔子这样有道德的人都难免于困厄，何况生于乱世中的普通人呢？俗人有言说：什么叫仁义，有利就是德。所以像趾那样的强盗他们的党徒却永远称赞他的义气。由此可见，窃钩者诛，窃国者侯。有了利就有了义这样的话并不是假话呀！

　　司马迁还是一个最早关注社会经济问题的思考者。大概是他因为拿不出足够的钱来为自己赎身才对经济问题有着切身的感触。他的《货殖列传》可以看作一篇经济学论文，他从中发现的经济规律古已有之，至今仍没有什么变化。他说：老子的小国寡民理想已时过境迁了。如果一定要实行，只有把人民的耳目全都闭塞起来，是万万行不通的。太史公说：神农以前的事我不知道。至于虞、夏以来的记载的情况，人们都是耳朵要听最好的音乐，眼睛要看最美的光景，嘴里要吃最好的东西，身体想要最大的安逸，心里则羡慕位高势重富贵荣华。人民受这种风尚感染已经很久了，即使用高妙的理论挨家挨户去宣传劝导也无法改变。所以最好是顺其自然，其次是顺势引导到向善的这一方面，再次是去教育他们，再其次是强制他们，而最坏的做法是同他们去争利。大家都是靠农民吃饭，靠渔猎等人得到副食，靠工匠造东西来用，靠商人搞贸易来流通财货，这哪里需要政治上的命令和教训去征发和约束呢？太史公说：各行各业的人都凭自己的才能，尽自己的力量来满足各自的欲望。所以社会以东西的贵贱来作为调节，使得各人努力干自己的职业，选择自己爱干的工作，好像水往低处流，日夜不会停。用不着号召，自己会送来；用不着请求，人民自己会去生产，这不是和道相符的自然而然的行为吗？无论在上的国家，在下的个人，都是要求富足的。

太史公的有些话似乎是对今天的中国人说的：仓库充实人们才懂礼节，衣食充裕人们才辨荣辱。礼是在富有的时候才发生，到贫穷时就被丢掉了。所以士大夫有钱了才肯施行恩德，平民富有了才能调节劳力，河深了鱼自然聚集，山深了兽自然奔去，人富了仁义自然归附。所以天下人吵吵嚷嚷，都在为财利奔忙。从兵车千乘的国王，食邑万户的诸侯，奉禄百户的大夫都还怕穷，何况平头百姓们呢？——在从穷地方往淘金处狂奔的路上，为发财而急红了眼甚至昧黑了心恐怕都是很正常的事。

太史公更有一些描述简直就是对今天中国某些社会现象的生动写

照：所以做官清廉就能做得久，做久了自然富有；经商少取一点利，营业发达，钱就赚得更多；求富是人的本性，所以军队里的勇士冲锋陷阵斩将拔旗，无非是受重赏的驱使；乡里的少年谋财害命、抢劫杀人、盗坟掘墓、私铸钱币、违法犯禁、像快马那样奔向死地，也都是为的财利。郑国、赵国的女子，打扮得漂漂亮亮，弹着琴瑟，长袖善舞，远远地跑到外地去做出各种媚态，只要有人出钱，就绝不嫌老择少挑肥拣瘦，也都是财迷心窍；游手好闲的公子哥儿们，装饰着衣冠佩剑，成群结队地坐着华美的车子招摇过市，是为了摆富贵的架子；射鸟捕鱼打猎的人没早没晚，顶风冒雨，往返于深坑大谷中，是为了寻找山珍海味；进出赌场，斗鸡赛狗的，眉飞色舞，夸耀本领，一定要取胜，是为了赢钱；医生方士，各种靠技术为生的人，焦思竭虑，尽其所能，是为了取得厚酬；官府的吏胥，舞文弄法，私刻图章，伪造文书，不怕斫头锯脚，是因为醉心于人家的贿赂。农工商贾畜牧各种职业的人，没有不谋求富厚增益财货的，绝不会放弃努力轻易把财富让给别人——两千多年过去了，世上所纷纭熙攘的仍是太史公笔下的那些东西。如今读来，怎能不有唏嘘之感！——太史公写道：现在有一种人，虽然没有官阶奉禄封爵领土，却乐于同有这种地位和收入的人相比，这叫作"素封"。这些人的财富都和千户侯相等。然而这种富足的资财不必上街市跑外埠，坐在家里就可以获得。有着处士的名义，收入却很丰厚。相反，如果家里贫穷，上有老下有小，逢年过节请客送礼都不能自己解决，如果还不加紧努力，那就永远也无法和有钱人相比了。所以贫穷就多卖点儿力气，小小地有一点钱就和别人斗智，钱多了就抓住机会赶紧去赚钱，这就是主要的妙诀。挣家产不必冒险就能富有，就是贤人也会勉力去干的。所以以产业致富上上等，其次是经商致富，最下等的是靠抢劫诈骗致富。如果没有真正隐士的高尚品格，而长期贫贱，却还大谈仁义，那可是丢人的事。一般平民，对于财富十倍于自己的人就向他低头，百倍于自己的人就敬畏他，千倍于自己的就受他的使唤，万倍于自己的就做他的奴仆，这就是人情物理——呜呼太史公，真是把人情物理看透了——要从贫贱达到富有，务农不如做工，做工不如经商；女人靠绣花赚钱，不如做娼妓来得快，下等的职业就是穷人的资本——存在的不一定就是合理的，但它存在着，你就得正视它。

作为一个思想者最重要的一点，司马迁是一个多元论者，而不是一元论者。就在董仲舒十分起劲地为皇帝出谋划策"罢黜百家，独尊儒术"之时，他却仍在写他的《论六家要旨》。

——天下的真理只有一条，却可以有各种不同的想法，同归而殊途罢了。他分析了阴阳、儒、墨、法、名和道各家优劣长短之处，并不因有缺陷而废一家之言，也不因有偏爱而溢一家之美，但他心中倾向的主要还是道家。他说：道家使人精神专一，一举一动合乎自然之道，满足万物的要求。他们的方法，依据阴阳家所规定的天时运行的规律，采取儒家和墨家的长处，吸收名家和法家的精要，随时间而转移，顺事物而变化，主旨简单，容易掌握。道家是无为而又无不为的，实行容易，只是说的话却比较难于理解。道家以虚无为本体，以顺应自然为作用，客观上没有刻板的情势，主观上也没有固定的做法，不走在万物之前，也不落在万物之后，法则的有无依情势而定，顺物情而取舍。所以说圣人不巧，时变是守。可见他对汉朝初期所奉行的清静无为的黄老思想是赞赏的。认为这种思想正和大道相符，表面好像混混沌沌，光明却照耀着天下，最后又返到无名的状态。他由道家的学说讲到精神——人所以能生存是由于精神，精神所依托的是身体。精神一离开身体就死亡，死的不能再生，离的不能再合，所以他宁愿含垢忍辱，也要留下这具精神赖以存在的肉体。肉体是存在的条件，而精神是生存的根本。正是他的这种精神，使他写下了前后三千年的一部史无前例的通史巨著，使得后世思想者的思想之树、思想之林有了一块能够立根生长的沃土和宝山。

伟哉太史公！不朽太史公！读他的《史记》你会感到有一股赤子之血在涌动，有一股君子之风在吹拂。而这，正是许多追于功、逐于利、迷于欲之辈所缺失或原本就没有的。太史公以他的精神和血肉融于一部《史记》，滋养了中国人的精神和气质。就像盲歌者荷马，用他那苍凉悠远的歌吟滋养了古希腊和古罗马。

跋：地图与时间表

由于秦王朝在统一中国后只存在了极短的时间，公元前 200 年和公元后 200 年是汉朝和罗马完整地统治东方和西方的时代。

中国的情形是又一次由诸侯的割据变成了皇帝的统一。

罗马的状况是由贵族和元老们的共和变成了君主的专制。

在罗马，历史又重演了一次三头政治的局面。恺撒死后，他的朋友安东尼和他的养子屋大维还有他的骑兵将领列庇都斯结成同盟击败了布鲁吐斯和卡西乌斯率领的共和军，并且杀死了包括西塞罗在内的三百个元老。三个胜利者又一次瓜分了意大利。然后，他们之间又开始拔剑相向了。明智的列庇都斯以辞职退出了角逐，剩下安东尼和屋大维一决雌雄。

如果说恺撒和克莉奥佩特拉演的是一出正剧的话，安东尼和这位迷人的埃及女王的故事只好以悲剧来收场了。安东尼在东方一度曾表现得非常有力量，但最终被美色和才智毁掉了，美色是克莉奥佩特拉，才智是屋大维。安东尼想做第二个亚历山大，他的梦想破灭了；屋大维想当第二个恺撒，在公元前 31 年的阿克提翁海战中，命运的天平向他倾斜，他的计划成功了。战胜了安东尼的屋大维继恺撒之后成了整个罗马的主人。

当安东尼因为对妖艳的埃及女王克莉奥佩特拉的爱情而失去政治上的清醒，又因为在关键的海战中看见女王临阵脱逃而斗志涣散导致了彻底的失败时；大陆东端的汉元帝正把漂亮而多才多艺的王昭君送出塞外，用和亲的办法在北方强敌的威胁下换得短暂的和平。一个女王，一个王妃，命运不同，身世不同，但都在以男人为主角的历史舞台上留下了美丽的倩影。

屋大维是"一切事物的主宰"，却不接受独裁者的头衔；他拒绝把执政官的任期延长到终身，但终其一生，这种最高权力总是继续合法地授予，从没发生过问题。他接受了奥古斯都（威严）的称号，实际上已成为一个皇帝，但在名义上却是"罗马的首席公民"。他的屏除浮华和礼仪的生活只像一个元老，而不像一个骄奢淫逸的暴君。他通过征服把罗马的边界推进到易于防守的地方，比如海洋和大河。他死的时候罗马的边缘北至多瑙河和莱茵河，东至黑海、幼发拉底河和阿拉伯沙漠，南至撒哈拉，西至大西洋。在他的统治下地中海成了罗马的内湖，湖上成千上万的风帆来住如梭，运载着麦子、酒、橄榄油、亚麻和毛织品，陶瓷和金属……奥古斯都给罗马带来了和平，当两个世纪以来在战争状况下一直打开着的雅努斯神庙的庙门在公元前 29 年终于关闭的时候，整个罗马欢声雷动。在奥古斯都在罗马建立的和平圣坛上，有一块象征和平的大理石浮雕，上面的人像是大地之母，在她周围雕有鲜花、果实、儿童和牛羊，一派安宁丰足的景象。这一和平保持了有两个世纪之久，二百年整个地中海世界保持着相对升平的状态，以至于"罗马和平"在西方成了一个著名的专有名词。

有一个有趣的现象是这两个同在一块大陆上的世界却被重重沙漠隔绝着，即使有了丝绸之路，也没有使它们互相之间有什么了解。它们之间能够传递的信息大概都在波斯商人们艰难地穿过中亚沙漠时损耗掉了。直到马可·波罗，才有了意大利人和中国人的直接交往，但那时候罗马帝国早已瓦解了，东方帝国也易了主人。但帝国仍然是大一统的，并且从北方入主的坚硬的兽角终将被汉文化的胃消化掉。

另一个有趣的现象是，这两个在大陆两端的庞大帝国虽然互相隔绝着，却面对着许多共同的问题，它们在历史上的遭遇也有许多惊人的相似之处。

公元前 7 年，罗马共和国终结，帝国时代开始。

公元 9 年，王莽篡位。刘氏家族的皇权遭到了严重的挑战。

大权独揽的奥古斯都没有解决棘手的继承人问题。当恺撒把整个国家的一切权力都握在手里以便改造世界时，他或许并没有想到权力落到暴君手里是一种什么后果。罗马开始的两个君主是以宏图伟业著称的，但是后来的许多皇帝却都以残暴出名了。罗马的帝位并不完全是由世袭来决定的，它还决定于各个有实力的军团对未来皇帝的选举。这种决定皇帝人选的方式既制造暴君也制造混乱。罗马帝国既成了暴君施虐的舞台也成了军人角逐的战场。许多皇帝都死于非命，闹到最厉害的时候在五十三年里竟走马灯一般地换了三十个皇帝，三十个皇帝里只有一个是善终的。

相对于这种混乱，中国人的一整套皇位世袭制度倒成为安全和稳定的保障。在所有皇子中立嫡，在嫡子中立长，就是皇帝本人也很难改变继承的人选。除非有外人篡权，皇位源远流长。而除非一个朝代气数已尽，外人篡权也极难成功。如果有谁敢冒天下之大不韪想尝尝当皇帝的滋味，不但有刀枪相向，而且有口诛笔伐。

在罗马，一个人取代一群人成了国家权力的单独持有者，号称"奥古斯都"，他成功地把已有数百年历史的罗马共和国变成了罗马帝国。

而在汉朝，一个姓王的人想取代姓刘的人当皇帝，却失败得很惨。在西汉与东汉之间的这个胆大包天的家伙虽然过了一回做皇帝的瘾，但很快便如一叶孤舟覆没于一片反对的浪潮之中。而且中国历史上的这一段只写王莽两字，拒不承认他的皇帝地位。王莽在位的短短十几年夹在上面和下面都是姓刘的皇帝之间就像是一小片异物。天下姓刘一下子就姓了四百多年。

在以公元纪年的那个时间坐标刻下不久，宗教开始进入这两个大帝国了。

公元 30 年，基督教在罗马帝国的巴勒斯坦行省兴起。

公元 70 年，佛教从西域正式传入中国。

在耶路撒冷的各各他，后来以他的出身时间为纪元开始的传道人耶稣，在他三十岁的时候被抵制他传教的人们钉上了十字架。但正是因为他的受难死亡以及复活的奇迹，使他的宗教像扑不灭的野火一样在罗马帝国的土地上越来越旺地燃烧了起来。罗马帝国的行刑人只是把钉子钉进了耶稣的四肢；而基督教却像钉子一样深深地钉入了罗马帝国的肌体，到后来竟成了西方世界的精神脊骨。以至于在一些时期宗教的权力甚至凌驾于世俗的王权之上。

而在中国的洛阳，这一时期建起了第一座佛教寺院。汉明帝派人去西域求佛经，在月氏遇到来自天竺的迦叶摩腾和竺法兰二僧，用白马驮经迎回洛阳。次年建寺，以白马命名。佛教一开始就是被客客气气地请进来讲授学问的客人，于是便一直在贵宾的位置上坐了下去，成为中国文化的一个装饰性的补充部分。中国人并没有把它当成唯一的精神寄托，而只是在需要祈福和消灾时才想到去庙里烧香拜佛。

白马寺在洛阳的建立是因为在这之前几十年恰逢汉朝中兴，建都于洛阳。随着国势的渐趋强盛，对于西域的控制又回到了国家的议事日程之上。

中国人概念中的西域，其实是指位于欧亚大陆腹地的中亚草原。真正意义上的西域，还远在这个东方帝国无法触及的地方。而这片广大西域的最西边，恰是西方罗马帝国最东边的边陲。

中国人对于西域的经营始于汉武帝时代。公元前 133 年，汉武帝开始对匈奴进行长期的讨伐战争。在那一时期大探险家张骞应诏西征，受命去联合远在西方的大月氏夹击匈奴。经历种种艰险，历时十三年，回到长安。虽然与大月氏军事上的联合并未如愿达成，但是他带回了有关西域诸国的许多闻所未闻的消息，促成了东西方文化的交流。这或许是比达成军事联盟更有意义的事情。公元前 119 年，汉武帝组成了一个庞大的探险队，由张骞为首，向西域进发。张骞分遣副使到位居中亚的大宛、康居、月氏、大夏等国，汉与这些西方国家开始了正式的交通。此后，汉武帝又连年派遣许多使官到安息（波斯）、身毒（印度），位于咸海和里海之间的奄蔡以及幼发拉底与底格里斯两河汇合处的条支。丝绸之路由此开辟，汉文化沿着这条路开始传播到遥远的西方，西方的物产也沿着这条通道传到了中国。后来由于西汉国力的衰竭和匈奴的侵扰，这条漫长而艰险的道路断绝了。

丝绸之路的再次开通与延伸是东汉伟大的将军定远侯班超建立的旷世功勋，他以超人的勇气和毅力在远离故乡的地方极其艰苦地奋斗了三十年，为汉王朝收复失地，再次平定了广袤的西域地区，并把这个东方帝国向西伸出的触角探向了更远的地方。公元97年，班超派遣他的属吏甘英出使大秦（罗马），到达了安息国西边的条支，这是中国人的足迹第一次到达了波斯湾头，在大陆的西面看见了大海。可惜的是甘英没有继续西进，而是听波斯人说大海风波险恶，很难通过，便折道而返了。

当你今天面对地图想象当时情景时不禁会生出疑问：罗马在西面，而波斯湾在南边。甘英只要从陆路继续西进就可以到达地中海边，再往前走一段就是罗马的领地了。而从波斯湾渡海去罗马则要绕过整个阿拉伯半岛进入红海，那时候苏伊士运河还远未开凿，要进入地中海还需要通过陆路。那么甘英是不是被波斯人蒙骗了呢？从情理分析，在丝绸之路上沟通东西方两大帝国进行贸易的中介是波斯商人，是他们用中国的丝织品和罗马进行交易，所以不愿汉使到达罗马，直接开辟通商的道路。但无论如何，班超开通西域的努力使中国人向西走到了极限。

就在甘英于波斯湾头折路而返的第二年，即公元98年，图拉真被军队和元老院拥戴为罗马皇帝。他没有立即返回罗马接受帝国权力，而是继续在莱茵河和多瑙河边界地区巡视了一年。公元99年他回到罗马，减免赋税，改革慈善机构，鼓励并亲自监督在意大利和各行省扩建公共工程：道路、桥梁、沟渠、港口、大厦等设施遍及意大利本岛、西班牙、北非和巴尔干半岛。他一反以往几代皇帝已不再扩展罗马边界的做法，101年开始进攻达契亚，在多瑙河以北建立了新的达契亚行省。他的第二步大计划是进攻安息。115年占领了上美索不达米亚，不久推进到底格里斯河畔，攻克了安息首都泰西封。公元117年，罗马帝国向东的扩张达到了极限。在汉朝使者甘英到达波斯湾头的二十年后，罗马图拉真皇帝也抵达了这里。面对大海，他热泪盈眶，为自己年事已高，不能再像亚历山大那样再向东建立征服印度的业绩而遗憾不已。

在波斯湾头，汉和罗马这两个分处大陆两端的大帝国有可能进行的真正接触终于失之交臂。

再往后，两大帝国盛极而衰，好运结束，厄运开始临头。

公元 167 年，罗马天花大流行，严重损害了国力。

公元 184 年，"黄巾"造反，汉朝在天下大乱中走向衰微。

汉朝的终结是分裂成为三国。《三国演义》中第一句话就是："话说天下大事，合久必分，分久必合。"但中国的分，总是以合来做结局的。三国分了，西晋合了；十六国南北朝分了，隋唐合了；五代十国分了，北宋合了。秦始皇和刘邦开创的帝业一直不死，由一代一代皇帝一直传到了 1911 年。中国人心目中的皇帝也一直不死，甚至在帝制终于结束了之后，袁世凯仍然想当皇帝。而老百姓也总是把国家首脑当作皇帝来看待。直至现在，你只要看一看街头的各种招牌电视里的各种广告中"皇"字和"帝"字出现的频率，就可以知道在中国人的潜意识里还一直在做着各种各样的皇帝梦。

而罗马的体制则为后来的世界提供了两种选择：君主的和共和的。罗马的统一也终于以分化告终，在它的遗体上长出了意大利、西班牙、法兰西、德意志和大不列颠，长成了后来的西方世界。

公元 220 年，汉朝终结，中国分裂为三国：魏、蜀、吴。

公元 238 年，哥特人开始入侵罗马，帝国开始风雨飘摇。

对罗马帝国和汉王朝来说，一个相同的威胁是来自北方的游牧民族的猛烈冲击。

远在公元 9 年，奥古斯都死之前的五年，一支罗马军队在北方日耳曼的森林里被打得溃不成军，这是一个悲剧性的警告，罗马最终将毁在这些比罗马人更野蛮、更剽悍的民族的手里。罗马曾经有过强有力的臂膀，马利乌斯把日耳曼人阻截在阿尔卑斯山脉；恺撒把他们阻截在莱茵河。但是罗马的肌肉萎缩了，罗马的力量退化了，时候一到，他们就渡过莱茵河，翻过阿尔卑斯山，跨过多瑙河来割取这个让人垂涎的、丰饶的帝国。

罗马的边界线开始崩溃了，一个一个世纪过去了，它越来越难以依靠它的士兵来抵挡敌人。它只能依靠石墙和河流来防御蛮族的入侵，后来连石墙和河流也挡不住了。

对待同样来自北方的压力，秦始皇的办法是筑了一条万里长城。汉武帝的办法是主动出击去驱赶他们。中国的长城显然要比罗马的石墙坚固得多。汉朝的戍边军队也和匈奴的骑兵势均力敌。谁能料到长城的修筑和汉朝军队的防线会对遥远的罗马产生什么样的影响呢。

在世界历史的大舞台上，在东西方两大帝国之间的沙漠和草原上，一个重要的角色早已登场，并且就要叱咤风云了。

在长城外面骑着骏马游荡的那些剽悍骑手们，中国人把他们叫作匈奴，欧洲人把他们叫作鞑靼人或突厥人。他们和大陆两端的汉人和罗马人是完全不同的民族。他们不像罗马人那样有海洋可以依靠，也不像汉人那样有沃土可以生根。他们像风沙一样游动，在大地上没有根基。贫瘠的草原和沙地不能成为他们安定的居所。他们生存和发展的唯一依靠是马，还有在马背上频频鸣响的飞弩和强弓。

正是为了对付这些凶猛的日益增长的马背上的威胁，汉武帝才派张骞越过戈壁向西寻找盟国。他寻找军事盟国的努力失败了，却就此开辟出了丝绸之路。中国的丝绸通过中亚的波斯商人之手运到叙利亚，在那里染成紫色，再用金线绣上花纹之后，又由叙利亚商人转卖给希腊和罗马的富人。这种丝绸在罗马极为流行。东方舶来的奢侈品到达了帝国各省，穿丝绸衣服成了富人社会地位的标志。甚至有些罗马人认为为了买这种中国的丝绸，罗马的金钱向东方流得太多了。奥古斯都的继承人提比利乌斯曾设法禁止罗马的富人穿着这种奢侈的织品，但是没有成功。中国的丝绸促进了罗马贵族阶层的腐化。当一个民族的享受欲在大量繁殖的时候，也正是它的勇敢精神在遭受侵蚀的时候。入侵在敌人还没有来到时已经开始。财富和奢侈损耗了上层阶级的刚毅，腐化了他们的政府，也增加了宫廷阴谋的次数，使统治者失去能力和勇气，与此同时被统治的阶级也对保卫他们的主人不感兴趣。而对外敌来说，每一个拥有肥沃土地的国家都是一个诱人的战利品。这就是为什么有如此众多的辉煌帝国都在落后民族的打击下崩溃的原因。国家的衰败往往是伴随财富和奢侈一起来的。

可长城这条防线对匈奴人的抵挡在相当长的一段时间里却是相当成功的。

在汉朝军队对匈奴人的防守和主动进攻中，一个重要的事件发生了。当匈奴人向中原侵扰之际，内部发生了危机。公元48年，在天灾和汉军的双重打击下，匈奴人分裂为南北两部。南匈奴归附了汉朝，而北匈奴在南匈奴的攻击下退居漠北。公元89年，汉军和南匈奴在稽落山大破北匈奴，北匈奴单于逃遁。汉军出塞三千余里，至燕然山（今蒙古杭爱山）刻石记功而还。公元91年，汉军又围困北匈奴于阿尔泰山，俘获单于母亲阏氏以下五千余人。汉军出塞五千余里，达到了和匈奴开战以来进军最远的地方。从此以后，匈奴势力被彻底击溃，匈奴主力离开中国边境走上了遥远的西迁路程。北匈奴的西迁，对欧亚大陆上的古典文明产生了巨大的挤压力，直接影响到了欧洲和全世界历史的发展。留在漠北的那一部分匈奴人，对中原不再具有威胁，直到二百多年后趁汉族政权的内乱再次入侵中华腹地。在当时，他们远遁了，消失了，不存在了，永远走出了东方帝国的视野。

而北匈奴西迁后的去向，长久以来是个未解之谜。他们经过什么路程，到过什么地方，一千多年来无人知晓。直到十九世纪，东方的学者们才从西方的历史中发现了他们的下落。

公元 350 年，匈奴人的一支白匈奴从中亚侵入波斯和印度。

公元 370 年，匈奴人的另一支，极其凶悍的黑匈奴突然在欧洲的土地上出现！这支强大无比的骑兵队伍如出山猛虎般向欧洲人扑来，把原本十分骁勇善战的东哥特人赶到多瑙河以南的罗马帝国境内，使得全欧洲大为震动。匈奴人积极地向西扩张，在以后的几十年里，席卷了欧洲大部。而当时的欧洲人对这支猝不及防地出现在面前的大军几乎一无所知，他们刚刚才听说"匈"这个名称，不知道他们究竟是什么人，来自何方。

对于罗马来说，首先向他们压来的是日耳曼人的各个凶悍的部落。西哥特人的后面是东哥特人，而东哥特人的后面是更为凶悍的匈奴人。前面丰富的战利品吸引着日耳曼人扑向罗马，而后面凶猛的敌人也驱赶着他们不断向前躲避。从亚洲草原上杀出来的大群匈奴骑兵不断袭击一个又一个日耳曼人的部落，占领了他们的土地。东哥特人受到匈奴人的挤压便向西哥特人施加压力，西哥特人抵抗不了东哥特人的攻击，便请求在君士坦丁堡的罗马皇帝允许他们渡过多瑙河，以便在罗马帝国的境内获得土地和保护。这时候的罗马已经不能有效地保护自己了，于是大规模的入侵开始了。汪达尔人、苏维汇人、勃艮第人、阿勒尼曼人、法兰克人和萨克森人，所有这些日耳曼人似乎只有一个目的、一个想法，就是定居在罗马帝国的境内，以躲开那些从亚洲席卷而来的铁骑。

而这些所向无敌的匈奴骑兵之所以没有南下吞掉华夏古国而是舍近求远挥鞭向西一直横扫欧洲，给罗马帝国造成了致命的伤害，其根本原因或许正是有一道万里长城的存在。对那时候的骑兵来说，长城是一个真正的屏障。

匈奴人把日耳曼人驱赶进了罗马帝国，自己便在匈牙利平原定居了下来，并以此为中心，向整个中欧进行鞭击和扫荡。这时候匈奴帝国的疆域达到最大限度：东起咸海，西至大西洋，北至波罗的海，南至多瑙河。

公元451年匈奴人与西罗马、西哥特联军大战于巴黎东南的地方，匈奴王阿提拉战败，匈奴人逃走。不久后阿提拉暴卒。他的儿子们为争王位发生内乱，匈奴帝国又很快地土崩瓦解了。这一股像飓风一样袭来的打击力量，在把罗马帝国吹了个七零八落之后，又像风一样地平息了。在后来的世界上已不再存在他们的版图。

在罗马帝国遭到匈奴人毁灭性的打击之前，留在中国北方边界的匈奴人也再次使汉族人尝到了战乱的苦头。公元304年，匈奴再次入侵中原。而在这之前，西晋王朝发生的八王之乱为外族的入侵打开了方便之门。

公元265年，西晋武帝封王族为王，借以屏藩帝室。诸王都有军政实权。武帝死后，惠帝即位时，便爆发了八王之乱。在291年，先是楚王与皇后贾氏合谋杀了专权的太后之父杨骏，以汝南王执政。贾后又让楚王杀了汝南王，接着又以擅杀之罪杀了楚王。300年，贾后杀了太子自己独揽朝政，于是赵王起兵杀了贾后自立为帝。齐王起兵讨伐赵王，成都王与河间王响应，杀了赵王。长沙王又杀了齐王。303年，河间王与成都王联合讨伐长沙王。东海王发动政变抓获长沙王。不久，东海王又奉惠帝之命攻击成都王，兵败，惠帝被俘。河间王乘机占领洛阳。后来成都王在作战中失利，挟惠帝逃回洛阳，被河间王押到长安，河间王掌握朝政。305年，东海王起兵攻入关中，杀了河间王和成都王，又毒死惠帝，另立怀王。八王之乱共历时十六年，使西晋元气大伤，离覆灭不远了。

与八王之乱形成鲜明对照的是，差不多同时，在西方的罗马，出现了四个皇帝共同治理帝国的局面。

公元285年夏，戴克里先成为罗马帝国的主宰。这是奇特的一年，刚刚取得权力的他便选择了另一位皇帝来和他同坐江山。因为他感到罗马帝国过于辽阔，一个人无法妥善地治理。他几乎是不停地在阿非利加、不列颠和波斯湾出现，沿着莱茵河、多瑙河、黑海和幼发拉底河的边界巡视，为镇压叛乱和防止入侵而奔忙。他选中了伊利里亚农民的儿子马克西米安，和他分别统治罗马帝国的东西两边。马克西米安在西方防止日耳曼人的进攻；戴克里先在东方警戒波斯的威胁。293年是更为奇特的一年，他先给自己和马克西米安授予"奥古斯都"的尊号，又增设了两名皇帝，加莱里乌斯和君士坦提乌斯，授予他们"恺撒"称号。前者辅佐自己，后者辅佐马克西米安。戴克里先统治色雷斯、亚细亚和埃及；加莱里乌斯治理伊利里亚、多瑙河诸行省和亚该亚；马克西米安统治意大利、西西里和阿非利加；君士坦提乌斯治理高卢、西班牙和不列颠。四帝并存的局面消除了国内长期的混乱。戴克里先进行了一系列内政改革，使得国家决策不依靠长官意志，而更多地依靠法律条文。此外还振兴农业、大兴土木和进行税制和货币改革。301年他颁布著名的"最高限价"敕令，以防止物价上涨。公元305年他因年迈而退

172

位。与此同时远在东方的帝国正在遭受匈奴人的进攻。罗马虽在他的有效治理下有短期的复兴，但离大难来临也已为期不远了。

中国从 304 年匈奴入侵形成十六国南北朝，一直分裂到 589 年隋朝再度统一。

而罗马帝国自 330 年君士坦提乌斯的儿子君士坦丁大帝把罗马首都迁往拜占庭并改名为君士坦丁堡以后，他从此以后再也没有回到罗马。君士坦丁是第一位正式信奉基督教的罗马皇帝。基督教因而成为罗马的国教。

当匈奴王阿梯拉长驱直抵君士坦丁堡城下，甚至侵入意大利逼近罗马时，只是由于罗马教皇利奥一世出来向他恳求使他深受感动，他才保全了这座"永恒之城"，退回了匈牙利。

在军队的面前，我们看到了宗教的力量。

宗教的影响，在中国似乎只是作为一种道艺而存在，而在罗马却发展成为一种社会精神的核心，这恐怕是使得后来的东西方世界大为不同的另一个重要原因。

在先秦时代，中国已经有了道教和儒教。当汉明帝做了一个梦，他根据这个梦的指示派使者到印度去，用一匹白马载回来一些佛经和佛像以后，儒道释三者并存共荣的局面就在中国形成了。没有宗教战争，也没有宗教迫害，好像他们从来就是一母所生的同胞兄弟。他们各有所长，互惠互利，以至于中国人感到缺一不可。

道教只对人的精神气质起作用，所谓仙风道骨；

佛教只对人的心灵性情起作用，讲究修炼参禅；

而儒教却指导着人们的立身原则和处世方法，重视仁义道德的说教和君臣父子、男女尊卑的关系。

这三种宗教很有点儿像西方的三种古代哲学。伊壁鸠鲁的哲学是老庄式的，第欧根尼的哲学是佛祖式的，而斯多葛哲学则是孔孟式的。

但是所有这些古代宗教和哲学都不够简单也不够有力，使它成为能够奠定一个文明的基础，并满足人们的精神需求和心灵愿望。在罗马统治下的犹太人的地区出现的基督教，它不像佛教那样是作为皇帝诚心邀请的客人进入中国的，也不像其他宗教和哲学那样仅仅作为一种学术而自由地存在着，它刚一萌芽遭受的便是抵制和迫害，但是它却一下子就紧紧地抓住了历史的龙骨和人的灵魂，再也没有松开。如果没有这样一种宗教出现，欧洲的历史或许会更像亚洲的历史，罗马人的故事和中国人的故事或许会更相像一些，而东方和西方的界限和差别也许不会截然分明。

正是由于基督教的出现，在世俗的罗马帝国逐渐瓦解的同时，一个新的罗马帝国建立了它在精神上的统治。耶稣所建立的天国使得秦始皇、汉高祖和恺撒、奥古斯都的大帝国都相形见绌，以至于最终从海上打开了东方紧闭的大门，把上帝的十字架竖在了中国皇帝的宫殿边上。不过那是另外一种类型的故事了。

一千多年前被长城挡住的匈奴人涌向了西方，驱赶着日耳曼人践踏了罗马。而一千多年后罗马的后裔们却在地球上绕了一个大圈子，用军舰当靴子践踏了东方。这时候匈奴人的马刀早已锈断，而中国的长城也早已失去了防卫的价值。它的泥土砖石依旧，而世界则大不相同了。历史用这样漫长的、多种成分复合的、尾韵转过来又压上了首韵的句子，想说明的究竟是什么呢？今天的中国人比西方人更应该深思！

罗马现在只是一个城市的名字，但它曾经是整个西方世界。曾经的罗马帝国分裂成了欧洲各国，而这些各自独立的国家如今在某种意义上又合并成了一个统一的欧洲，这是否可以看成古代的希腊和罗马世界在新的历史条件下的再现？

而秦汉对于我们的影响是如此之深远，China 这个词的发音很可能就是来源于"秦"。汉朝时中国人也把远在大陆另一端的那个难以触及的西方大帝国称为大秦。而我们这个民族的名称就是：汉。